U0075643

密室殺人

李昂

現今，寫每一部作品，都可能是天鵝之歌。

「我在不同的桌子上，寫各式各樣的雜文。」

女作家說。

「我只有在我自己房間的書桌上，才能寫小說。」

在這形同密室的自己的房間裡（那被傳誦的*A Room of One's Own*），

女作家究竟殺了誰？

自序

隱匿

很小的時候，相信是在學齡前後，我在電影院裡看到一部日本片。

內容不復記得，只一張日本古典女人的紅唇白臉，一直在記憶中持留。

還有往後經由大人講解的故事。

被傷害的女人回來報仇，每殺死一個仇人（大概都是男人），便在他的屍身旁放置一朵紅花。

椿花。

因著這朵紅花，我一直深切記得片名。

《五瓣之椿》。

殺人，屍身旁放置的紅茶花，啊！無盡的性感與想像。尤其之後才知道，椿是茶花的一種，最晚開，椿花開的時候，就是冬天將盡預示春天到來。

這部偵探片，對我來說集奇情、艷色、懸疑、復仇、色誘、窺視、殺戳、追踪、解密、捕獲、揭曉……。

我想，始自《五瓣之椿》，我就對偵探故事的迷離、光怪陸離、艷色催情、浪漫神奇，有著不可抑遏的迷戀。

也就一直很喜歡看偵探小說。

小時候看愛倫坡，大一點看福爾摩斯。其間拉雜的看各式偵探小說，大多是西方翻譯作品。

到有一陣子台灣出現《推理雜誌》，翻譯的大都是日本的推理小說。據說出版二十四年(實在不覺得有那麼久)，很長一陣子會寄到家裡，我大概每一期都翻翻看完。

理由簡單：好看。

《推理雜誌》裡就算有些作品不怎樣，對我來說，不怎樣的偵探、推理小說，也好看過不怎樣的「嚴肅」文學。

之後評審「大眾小說獎」，來參賽的不乏偵探、推理小說，可惜沒什麼太過傑出的作品。這部分，似乎不是本地作家的強項。

我也不會寫傳統框架裡的偵探、推理小說，但在這個文類裡，用來說我自己的故事，自有一番樂趣。

但一定要一直強調，我嘗試寫的，不是一般定義下的偵探、推理。

想要觸及、循線追索的，毋寧更是作品／小說作家之間的隱匿關係，一場真心話／大冒險。涉及到一個小說作者與作品之間的虛構與真實，恐怕更是「偵探」不完的奧祕呢！

也就簡單地用上了「密室殺人」這最基本的橋段，重點當然不在本格派的技巧。而是，密室，可真有各種可能呢！

小說寫至幾近全部完成的階段，聽到台灣引介偵探小說先趨者的說法：現時不再稱這類作品偵探、推理，而用了一個名詞來概括：

Crime and Mystery。

我更連連向自己點頭，真是巧遇相逢。

是啊！我寫的也真是Crime and Mystery呢！

Crime顯而易見，而Mystery或會是人生到生命最後階段的何種體悟，才稱得上是Mystery呢？

目錄

看似是真的，可能是假的。
以為是假的，可能是真的。

序曲

做為作家，寫這部小說時，我好似一塊一塊的在拼貼縫補一具身體。

我自己的。

至少到我這一代，女人，基本上還被要求學習拼綴、縫補。

女作家也不例外吧！

我縫補，自己。

（最先開始出現狀況的，是皮膚。）

做為作家，我當然知道「襤褸」這兩個字，尤其用來形容「衣衫襤褸」。

如今我一身的皮膚，讓我深切知道「襤褸」的意思。

襤褸：

衣服破碎的樣子。

我一身皮膚不斷的有破洞形成，最開始常見在四肢，一個小小的紅點、一道不深的傷口，本來不以為意，但泡到水或碰觸到不乾淨的東西，它發炎紅腫脹痛流汁流膿。

只要是一處，不管是在手臂大小腿，甚且只在一根手指頭處，不敢讓它沾染外物，不方便洗滌，便好似整個手臂大小腿手指，都不能順常使用。

然後接下來它擴大，像種植草本小花，原都不大也不突顯，但當繁殖再生，併生群聚一處一處留下痕跡……。

當中不無機會因藥膏、貼布，會暫時消失，但重點是：

它們一定回來。

更多、更大面積的散布、盤踞。

就算它們不癢不流膿，我也不樂於我的軀體繁殖紅斑，接下來會讓我一身皮膚遍處破洞。

襤褸，是的，襤褸：破碎的樣子。

不是衣物襤褸，是軀體襤褸。

我軀體四處的皮，因著更多的破洞，裂開的皮膚垂掛下來，一條一條長短不一，是那種衣服襤褸破開垂掛下的模樣。

我掛著一身襤褸的皮。

還會有下個階段？！

我拿筆比拿針線早。

（要不然呢？）

通常七歲上學前，我們就被教導寫自己的名字，拿的筆是鉛筆，因為初學寫字必會犯錯，鉛筆可以拭擦讓寫的字消失不見，可以改正。不過，消失的並非全然不見，最好的橡皮擦都還是會留下痕跡，至少留下尖尖的筆尖在紙上劃過的壓力，筆畫遺跡。

（很多年後我們才會讀到「凡走過必留痕跡」這樣的話。）

我留下不見但又存在的我的名字：寫錯字、少筆畫、字體不端正⋯⋯。

之後我會有其它的代稱、筆名、英文名字⋯⋯。

而我現在叫 Sieraya，我在這裡有一個漢人名稱：史拉雅。

第一部

密室

Sieraya坐在那華廈三十六層高樓的自家客廳，斜斜的對面，即是曾名列世界第一高樓的「台北一〇一」。

幾乎每個新興國家，都想要有城市成為世界性大都會，那所謂的Cosmopolitan，Cosmopolitan便要在新開發的都會區裡滿布高樓。

曾是世界第一高樓的「台北一〇一」，便是這位於亞熱帶島嶼台灣的首善之都的新地標。它不朝向實驗性造型與特殊材質發展，而以高度取勝。

只有三萬六千平方公里的島嶼，便在它北部歐亞版塊推擠的地震帶，插上這樣一棟高達五〇八公尺的瘦高孤伶伶高樓。雄踞六年世界第一高樓的頭銜，於今十幾年過去，「台北一〇一」挺過每年不少於三、五個、有的風速每秒可高達二二〇公尺的颱風；撐過大大小小可達六級以上的地震，還能誇耀它內部可防震動的阻尼器是世界最大，有世界最快的電梯之一。

冬日夜晚，已過下班時間，整個地區燈火通明，幾十棟高樓參差布著點點燈光，因著彼此間相鄰的距離，不覺得有如此高度得仰望。便不盡真實，暗空中尤有著紙糊成似夢幻的炫麗。

Sieraya坐在三十六層高樓的自家客廳，斜斜的對面，是那曾名列世界第一高樓的「台北一〇一」。

然她看著的並非那如勁竹層層堆疊高樓的錯落燈光。

1

都說那花開得太招搖了，才會失落。

直徑接近十公分的大白茶花，最外緣先是張開兩三輪大而薄的花瓣，接下來才是中心一大圈曲皺濃白的花球，千瓣萬瓣千轉百迴的縴繞聚集，不見始端更像個迷宮找不出終點盡處。一如名種的茶花不見花心，花萼黃芯全不外露，所以也找不到中心。

這樣一大朵白茶花，先前看到時還未全開，再見時已然整朵不見。

本應該只是開盡掉落在地上，平攤開來就算是是一床白色花屍，好端端的全無損傷，也就成屍了。

可未全開即整朵不見，怎麼發生的都不曾親眼目睹，總是一個不小心，花朵已經不見了。

（還不是外出一下，回來的時候花才不見，而是就在現場，但花朵如何何時不見都不曾知曉。）

花朵從花枝上掉落只有一瞬間，真的只是眨眼的時間，要碰到這樣對的瞬間，看著它掉落，果真得是怎樣的機緣巧遇。更何況都說那落花如有恨墮地也無聲，懷帶巨大鋪天蓋地的恨，不得申訴也無償，掉落還得無聲無息不能引帶注意。

可在這之前，在無聲掉落的一瞬間，總該有些預先的訊息。

花種在盆裡，盆擺在以鐵欄桿伸出去建構成的露台，花盆下方自是高樓層的萬丈深淵。因為是頂樓，凹進處才預留了這樣的空間，否則整棟大樓俱是花崗岩與大片落地玻璃，整齊一致，不會容許這樣的綠色空間。

為了避雨，上面搭有透明塑料採光罩，四周還間隔防風玻璃。

（高樓的風雨，三十六層高樓的雨，下落不見與平地有何差別，但風，就不是這樣一回事了。）

那花因而就整朵的不見踪影?!

Sieraya，她在這裡有一個漢人名稱：史拉雅，自下午時分，即坐在那華廈的自家客廳，客廳的設置連同一座大型的開放空間廚房、吧台，以及擺放一張可供十幾個人入座的圓桌。圓桌最靠向曾名列世界第一高樓的「台北一〇一」的角落，緊臨大片落地窗玻璃，外面，就是高樓層的萬丈深淵了。

冬夜，尤其是苦寒的遲夜，她的視線越過窗外一〇一如勁竹層層堆疊高樓也已然點亮的錯落燈光，落在大型洗碗槽裡的一整副內臟。

一整副有些言過其實，臟器的上半部肺臟已移除放於一旁，但從心、肝、肚、腎、大小腸，可一樣不缺。

先前，中午剛過後不多久，那男人以著他一向誇耀的方式到來，一進門就大呼小叫：

「快，我們去看電影。」

「看電影？」

有多少年他們不曾去看電影，她全然不可置信。到電影院看電影？

「看電影，司機在下面等。」

「什麼片子?」她興致的問。

「3D電影,只有到電影院看。」

「我不喜歡3D電影。」

「這部不同。」

「3D要身歷其境,我不需要身歷其境,我只不過來看場電影,壓根兒不想身歷其境。」

她說,心中想的是去看部別的片子,不是多半只有聲光色的3D。

他大步走向她,伸出手來要拉她,架著拖著也要她一起去的態勢。她本也要,迎向他,但不知為何就是起不了身。他看著她,眉頭一皺,掉轉頭就待離去。

走到門邊還回過頭來:

「天下就妳不喜歡3D,那妳愛什麼?」

她沒有回話。

是啊!只是去看場電影,全然不想置身其中,何必要身歷其境,要去介入、經歷?

只是去看場電影。

都說要重拍那電影。

從原著小說《殺夫》拍成全新的電影。之前拍過一次，但被認為離原著太遠，一點血腥暴力都沒有。

（在一九八三年，在戒嚴時期的台灣，電影要呈現血腥暴力，事實上也不可能。）

但至少「比較」血腥暴力一些。

像這樣，飢餓至極的女主角媽媽，接受兵給的兩個飯糰，一面啃咬著飯糰一面任兵士在身上強姦，是可以用鏡頭來描繪：

清楚看到阿母身上壓著的那軍服男子，他的下半身衣褲俱褪盡。

阿母的那張臉，衰瘦臉上有著鮮明的紅艷顏色及貪婪的煥發神情。

阿母嘴裡正啃著一個白飯糰，手上還抓著一糰。已狠狠的塞滿白飯的嘴巴，隨著阿母唧唧哼哼的出聲，嚼過的白顏色米粒混著口水，滴淌滿半邊面頰，還順勢流到脖子及衣襟。

那誇耀的男人說，除了這類場面，重拍的電影會是某類型正在流行的穿越劇。有小說中創造出來在「鹿城」的場景，還要將一部分的場景搬回上海原發生地。

尤其當年慘案發生時，住的那種有夾層的樓房：

「非常的 sexy。」

「就是我們台灣說的『半樓仔』，上面的夾層都是用木材做樓地板。」他興致高昂的說：「年久後木條與木條間會有縫，想想看，有東西從縫裡滴下來，先是一兩滴，接在手裡，紅色的，有腥味，什麼東西嘛?!再來，滴滴答答，嘟一聲，還滴在臉頰、頭頂上，伸手一摸一看，嘩！真像血！」

「我上來看看好不好？」

他做了一個仰頭探問的姿勢。

「樓上的聲音應道：是豬血，是豬血。讓我揩一陣就好了。」

上了樓，地板抹得金漆一樣亮，被褥也整理了。

床帳後掛著屠夫一件外掛一頂帽子。妻子說：

「丈夫今早就走得這樣匆匆的，連外掛也沒穿去，帽子也沒有帶去。」

那誇耀的男人原來就極善於說故事，他有本事將一件普通的事說得真的是舌燦蓮花、活靈活現。正在講床帳後掛著屠夫的外掛和帽子，不知怎的明顯的不安，抓起他原隨意丟在身邊沙發上的Armani外套，拿在手上一時又不知如何是好，放下也不是，最後掩飾的朝口袋裡一陣亂摸。

「找菸？」Sieraya說：「你不是戒了？」

男人這才住手。

「人都被殺了，可外掛和帽子仍掛在那，很可怕吧！屍身都被分成好幾塊，藏了起來甚至丟掉了，空留下外掛和帽子仍在那，不過……」他加上說：「裡面其實也都還能擱下屍塊，比如帽子下仍有一顆從脖子切斷的頭顱……。」

「咄！才真毛骨悚然！」

不知為什麼，那誇耀的男人露出少見的真正驚懼的神情，軀體都被斬成一塊塊，衣服和帽子仍安好的在那裡，顯然更讓他驚心。然後，稍有一會才再繼續：

「藤箱裡原是空的。因為窮，裡面的衣服已經當光了，是空的箱子血才會流下去，否則衣服會把血吸掉。也因為是藤箱有空隙，血才流出箱子，從木材做的樓地板縫裡滴下去。」

他好似在現場親眼目睹般，肯定的說：

「並不是預先把衣服拿出來準備好放屍塊的。」

然後一根一根的扳著手指頭算：

「先砍死後再支解，頭胸一段，兩臂膀四段，腹部（盤骨）一段，兩隻大小腿四段，連腹腿臀割下的皮肉，共計十六塊。」

最後他說，原來的這句對白太精采了，一定要用：

「這世界把我們壓得整年都透不過氣來，莫說吃豬肉，連豬八戒的面孔也忘了怎麼樣子的了。」

2

這一切都發生在一場腥風血雨的大逮捕之後。

一九四七年，從整個大的中國大陸退守到台灣島嶼的統治者，在全島進行大屠殺、逮捕，島上菁英幾被掃除殆盡，史稱「二二八事件」。接下來更實行長達近四十年的高壓戒嚴，白色恐怖，島嶼噤聲。

然仍有大小抗議活動不斷。

我生在「二二八事件」後的五年，一九五〇年代的初期，及長，「二二八事件」仍一再被記憶。

三十餘年後，發生一九七九年十二月的「美麗島事件」，是自「二二八事件」之後，島嶼最大的政治抗爭。之後進行的大逮捕，計有三百多人被捕，總判刑被囚禁高達六百多年。

之於我，「美麗島事件」則更是個揮之不去的惡夢。

這回我自己深陷其中。

從很年輕的時候，我就與異議分子們在一起。我給予各種資助，包括做了一件往後被稱許的事。一九七九年初異議分子友人施明德要辦一本雜誌《美麗島》，前來募款，我捐了第一筆籌辦的經費十萬塊，那是我其時任教文化大學一年的薪水。

《美麗島》雜誌鼓吹島內被壓迫者挺身追求自由，推波助瀾年底的群眾運動，是造成「美麗島事件」的重要理由之一。

事件後我的朋友們大半被抓，再見面全然不可期。被叫去問話或短時間遭拘留的，也不太常來聯絡。只當友人真的是礙於生計，才會前來尋求金錢幫助。

這是長達幾十年的慣例，他們怕連累我，非到不得已不會露面。就算出現，也遮遮掩掩。他們就是被形容的所謂社會邊緣人，不用看他們一身尼龍粗陋的穿著，光憑感覺，也知道他們的不同。

我雖沒有被抓，但被限制出境好幾年，即便拿的是加拿大的移民身分。那個年代，我們總以為有先進國家的居留權，是對自己的一種保護，出事後可能不致下獄，只是會被驅逐出境。

改革無望，朋友們少去，我開始興起回來認真寫小說。

終於在參與一些實際社會、政治工作後的三年，我發現我對社會最大的「功用」也許應該在寫小說，我也有熱切的渴望能屏除一切雜務專心寫作。就在這個時候重整理舊稿中，我找回一篇只寫了開頭的小說：

「婦人殺夫」。

之前在美國讀書的時候，我無意中從一本記述上海街頭巷議的書中，讀到一則殺夫事件，著手想以此故事的概要寫小說。為了替女主角創造過往人生，寫到女主角母親被姦，即無法再寫下去。

我對當年的上海一無所知，海峽兩岸長達近四十年的分隔，對「中國大陸」僅有的資料來源只是報章雜誌，缺乏上海風土人情的掌握，我發現自己難以持續這個故事。

隨著回台灣，這篇寫了開頭的小說在行李箱中一擱擱了四年，期中雖然翻出來看過，仍不知如何續筆。

整個黨外運動中止，朋友們少去，沒那麼多「做運動」的雜務，我興起回來認真寫小說。

有了這些年回台參與實際工作對台灣的認定，我很快想到將這則殺夫慘案的背景從上海移來台灣，這樣才能顯現出我對台灣社會中兩性問題所做的探討；更為了要傳達出傳統社會中婦女扮演的角色與地位，我決定讓故事發生在鹿港，我的故鄉。

那我創造出來的「鹿城」。

不再想到上海的殺夫事件，我只用了一個屠夫妻子不堪虐待殺了丈夫的簡單事由，發展我自己的小說。

我繼續書寫「鹿城」，寫名叫「陳江水」的屠夫，以及，殺夫的婦人「林市」。

是因為那一場腥風血雨的大逮捕，我回來寫的小說才會如此的血腥和暴力？還是，我只不過是寫出了一直以來就存於內在的實質？

我回來寫的是那未竟的「婦人殺夫」。

刊登時被改名為《殺夫》。

很快的被拍成一部電影，一九八五年完成，放映後一般認為沒有原著小說中的血腥和潛藏的暴力。

3

那男人以著他一向誇耀的方式到來，說的就是要重拍《殺夫》，其時中午方過後不久，一〇一的燈光尚未亮起。Sieraya，她在這裡有一個漢人名稱：史拉雅，坐在那華廈的自家客廳，斜斜面對曾名列世界第一高樓的「台北一〇一」，大片落地窗玻璃外面，就是高樓層的萬丈深淵了。

那誇耀的男人提他的新發現，某個電影公司新近要捧的女明星，很適合來演「婦人殺夫：新殺夫記」電影的女主角。

「現在不時興在西門町咖啡座，前去向那個女孩說：妳很適合演電影呢！」男人用一種很做作的表情說：「小姐，我是阿貓阿狗導演。」

這下連Sieraya也忍不住大笑了起來：

「是啊！當時流行這個說法，西門町招牌打下來，軋到人三個之中有一個是導演。」

「另一個是星探。」

誇耀的男人正色說：

「現在不時興這種做法了，現在的女孩子，你不用問她都還自己貼上來。所以我有了新的做法。我前些時候見到那個小明星，覺得真是個可塑之材，叫了一個徵信社的人去跟她，每天回報她做了什麼事、見了什麼人……。」

「What？」Sieraya驚呼出聲：「這可是有違人權。」

「前幾天我讓徵信社的人跟她說我想和她做朋友，要請她吃飯。」

「結果？」

「被罵了一句神經病。」

男人說，語氣還似被罵得很滿意。

「是罵你還是罵徵信社的人？」

男人全然不在意。

「我可不要簽了約回來才發現是個毒蟲、傳播妹、網路援交什麼都來。」

Sieraya不語。

「你是想請她吃飯吧！拍片只是藉口。」她本待要這樣說：「追女朋友追到動用徵信社，我還第一次聽到。」

手機響了，他立即接了電話，好似一逕就在等這通重要的電話。

匆忙要離去，他果真將他的Armani外套忘了放在身邊的沙發上，大步要走向門口。

4

Sieraya視線越過窗外一〇一如勁竹層層堆疊高樓的錯落燈光，落在大型洗碗槽裡的一整副內臟。

一整副有些言過其實，臟器的上半部肺臟已移除放於一旁，但從心、肚、腎、大小腸，可一樣不缺。

她最先拿除的是上半部的肺臟。

這是能呼吸才能存活最首要的器官，也是個聲音連帶由此發出的所在。臟器就在最上端最外沿，頭頸既已被切斷，露出顯而易見的大動脈血管與氣管，眼目可見的只消刀子挑除連附之處，即可將整個肺臟連同氣管拿移。

本來以為充滿氣體該無甚重量的肺臟，拿在手中倒是較以為的沉，滑溜不易整副握住也是顯得重的原因。

那肺表面上看不出來，但長時吸收到汙染的髒空氣，或者菸，需如常清洗才能讓肺內部潔淨。

她知道清洗一個肺至少要四小時，必需灌入清水再以手擠壓，讓裡面的髒汙排出。再浸煮入熱水中，藉著熱力，再擠壓，經由露在外的那截氣管吐出雜物，血絲、黏答答組織、泡沫，是的，難以想像這許多泡沫。那豬死亡之時，可肺裡還滿滿有著空氣，賴以存活的氣體尚不曾被供給到身體四處，如今成為死亡的最佳印證，才會能擠出許多泡沫！更會有龐雜像煤炭灰的細小顆黑粒，五顏六色黏膩糾結噁心難看。

還並非生病了的肺。

她需要一塊肺片，不大一塊即可，她不想花四小時清洗，盡量避開中央的大氣管與穿雜其間如盤絲四下分布的粗細血管，切下了右肺葉下方的一塊。

本來以為不再是整副完整肺臟，有了大面積的切口，容易將裡面的髒汙擠壓排出。才發現，那切面分布的粗細血管根本灌不進水，也就不能藉水進入再排出髒汙。

難怪得整副肺臟由上端大氣管與血管灌水，水才能進入，擠壓後由原路徑出來再帶出髒汙。

看來一切自有規矩取巧不得。

既已切下不再可逆，也無從復原，Sieraya 也就只留下一條尖端較少有血管的肺葉，其餘的置入一旁的大型黑色塑膠垃圾袋。那垃圾袋因為要放置大量廢棄物質厚完全不透明，整副肺臟一進入，重量加上滑手，一溜煙霎時滑下到底部無聲無息就此不見。反倒駭人。

她要做一道「夫妻肺片」。

夫妻肺片材料：

肺

心

肝

肚

舌

筋

頭皮

邊角肉

做法：

先將上述材料以滷水滷過

切成大薄片

加入醬油、紅油、辣椒、花椒、芝麻、花生等拌炒。

緣由：

小販夫妻恩愛同心，為生計，收集店裡捨棄的牛內臟、邊角肉、頭皮等材料，加工細做，反成特色名菜。

原稱「夫妻廢片」，成名後改名為「夫妻肺片」。

貧窮年間最開始以牛肺為材料，口感不佳捨棄不用。之後除了牛內臟也加入牛肉、羊肉。

她要做一道「夫妻肺片」，而且回復最原先的以肺為材料，不管是「廢片」、「肺片」，都要做得看起來：

紅油重彩、顏色透亮。

吃起來：

爽滑筋柔、麻辣鮮香、粑糯入味。

真有其人

那誇耀的像一陣風來去的男人，事實上真有其人。

上世紀八〇年代初，因為《殺夫》小說的出版引來了大量的爭議與攻擊。我相信對變化中的台灣社會極其敏銳的這個男人，應就嗅到了一個女作家所謂的知名度。

台北的社交圈有各式各樣認識的機會，以他凡事都能達成的氣勢與方式，很自然的在一次公開場合的聚會後要請我吃晚餐。

那樣子隨口提起隨便說說，也就事成。

記得是一個冷天，而且是那個年代首善之都那種陰雨不斷可以長達幾個星期的潮濕冬天，並不是真的冷，空氣中有著我喜愛的濕意帶來的纏綿，清冷的寂寥，略有重量的水濕無可分說的明顯抑鬱，但也壓迫得花兒們特別芬芳。

吃飯的是一家日本料理店，新都心敦化南路巷子，昂貴的內行人出沒的餐廳。他顯然經常來，店裡的媽媽桑用那種老派的接近情色場合的諂媚方式，給我們一個榻榻米房間並且了然於心不再隨便來打擾。

我對他略有耳聞，這麼誇耀的一個男人，白手起家，靠著聰明和能力在其時黑白兩道混雜的市場打出一片天，往來不乏知名女人，而且有幾次離婚結婚紀錄，要不知道他也難。

在寫作的這個時候，我方想到他不知單獨帶多少女人到這家日本料理店，媽媽桑才會如此識趣，那種擺明了她知妳知有意做出來的假意視若無睹。但終究妳會知道，她對待妳和對待那些會被帶來的風塵女子，其實並無多大差別。她不用窺視，自由心證就認定妳是什麼女人，相較於那些故意淡妝，但一定美麗的風塵界女子，我並沒有什麼姿色，被擺的地位更高或更低？

很難說吧！

媽媽桑沒有惡意，就是一種職業態度。

之後我們也單獨或多人一起吃過幾次飯，這第一次單獨相處的晚餐讓我如此印象深刻，並非像多數人要以為的是第一次，而是因著他點的一道菜：

烏魚肫。

首善之都台北人基本上不吃烏魚，他們吃魚的排名順序是一鯧、二吳魚、三迦納。地緣關係，烏魚不會游到島嶼北部寒冷的海域，在中部準備好產卵後，回頭烏也不會上台北來。即便在中南部，取走了烏魚子或烏魚鰾的烏魚殼，味腥肉薄不鮮甜，更被視為下雜。

但在台北，烏魚肫會被從市場收集起來，成為昂貴懂得的人才吃的料理。其時高檔的台灣料理並不多見，要吃這些奇珍多半得到日本料理店。烏魚肫如此小而且一條烏魚只有一個，要裝上一小盤，也得有幾十個。相較分量大許多的魚子、魚鰾，昂貴許多，菜單上通常標以「時價」，還不是每天都有。

是夜上來的一盤烏魚肫量多，一定有好幾十個。我以為是他跟媽媽桑說「把所有最好的端上來」，才會這麼一大盤，很昂貴不在話下。

他當然知道價格，一直勸我吃。

我來自鹿港，過往一府二鹿三艋舺，鹿港曾為全台最大的商港。於今落敗了，仍被公認文風鼎盛保留古老文化習俗。我的本姓又是當地最大的姓，很容易被以為來自一個大家族，事實上也許如此吧！攀緣附會總能找到幾代幾代前有過功名的親戚，一表三千里，牽來拖去總是能夠攀到關係，即便徒具虛名。

我來自的鹿港，他誤以為我的家世，讓我在他的了解中有著特殊的意義。

我記得他勸我吃烏魚肫的時候，曾一再說我是懂得的。我也的確知道那烏魚肫的珍貴，但他那樣在乎在意那一盤沒有被吃掉的烏魚肫，反倒使我故意不去動它。現在我都還能夠清楚回想那時刻的心思，我愈是不大吃，愈能夠表現出我的嬌貴，讓他覺得我是那個來自鹿港世家的千金小姐。

雖然我並非「假仙」的人，通常也不會假裝吃很少，何況那烏魚肫有嚼勁又帶脆，口齒之間能產生那樣一種快樂、略有壓力的征服，更釋放出魚類較少有集中的甜味，的確是奇珍。

只那時我感到我能有的氣勢，還不用裝模做樣，會更是他所預期，也就樂得如此。男人請女人吃飯如果不為了做人情做關係，總要物有所值。有的為了色，有的為了情，就算是為了他自己的快樂，也是要物有所值。

何況是這樣一個白手起家其時事業正往高峰上走，處於最要掠奪的時期，他掠奪的，當然還有女人，還不能只是一般女人。

我自知並非美女，連當時還有的青春也不覺得有多特別。正年輕時是不會懂得青春可貴，以及青春也可以是一種資產。它反正就是在那裡，食之無味，棄之好似也不可惜。

在那之後我更確知，缺乏外表的吸引力，我對他最大的效益，除了我是一個知名女作家外，我的身家背景都會是加分。

外傳我來自鹿港的世家，其實並非如此。我的母親來自一個落敗的大家族，前清時先祖有錢到可以花錢買「貢生」，我的長姊還有機會見到柱子粗到得孩子們才能合抱的祖屋，但市區改革後開路也被拆除。

倒是我白手起家經商成功的父親，在早些時台灣一般還多數貧窮的時代累積了資產，當然不能跟大企業相比，但相較之下足夠讓我在台北過著舒適的生活。其時台灣經濟剛正在爆發，文化圈裡富裕的不是那麼多，何況文窮而後工，不都這樣說嗎?!

我在第一次和他單獨吃飯時，就明白到這一點，而一切來自那盤烏魚肫。

當時在台北的社交圈裡，我也認識一些名門之後權貴子弟，換作他們，大概會輕描淡寫的瞄一眼那一盤幾乎沒怎麼被動的烏魚肫，真正的一點都不在乎。這絕對無關金錢，這誇耀的男人甚且會較這些權貴子弟揮霍。但就在這些小節上，區分了彼此的不同。

之於世家子弟，他們知曉自己就是權貴，自給自足，除非重大事件，一般的外在對他們不會加也不會減，他們因而對許多事情冷淡不在乎，更不用說只是這樣一盤烏魚肫。

可這誇耀的男人卻會不經意中流露出他原出身，仍會對有些事的在意在乎（比如那一盤幾乎沒怎麼被動的烏魚肫）。因為他的在乎，造成的不確定與不安，往往會使得自己處在弱勢的一方。

他在事業上披荊斬棘成為有些人口中的梟雄，多半時候擺明了暴發不做假，加深了他的的氣勢，然其中他的不足與不安又讓人憐惜，讓我以為，在這樣的男人心中容得下一個女人。

那自給自足中規中矩的世家子弟不曾對我造成迷魅震撼的吸引力，這草莽的男人讓我如此不能自己。我們喜歡某種類型的男人，是不是來自我們的本能、血液，或者套一句現在流行的說法：來自我們的DNA？或者更浪漫的，前世今生的因緣命中注定，相欠債。

我深切記得當時初識的他是那樣耀眼的好看，高大碩壯加上神色中的猖狂，使他有那種無可分說的氣勢，睥睨一切。何況他還長相不差。

其時《殺夫》的德文版出版，我被安排到法蘭克福書展，書展放映剛拍成的《末代皇帝》電影，當飾演被囚禁多年溥儀的尊龍出現在寬大的銀幕時，剎那間我真的是屏住呼吸有若看到相識的他。

上世紀八〇年代還流行大戲院寬銀幕，整個十來公尺的超大銀幕上就出現那樣close up的一張臉，那震撼，我至今記憶猶新。

他當然沒有尊龍的美貌，但因著同樣非長窄臉而是略寬的臉，同樣高鼻梁上架著眼鏡，抿住的薄嘴，使得兩人有不可思議的重疊。

隨著電影情節推展，回到了年輕時代的末代皇帝，那相識的熟悉也就慢慢淡失。當時我不願承認是因著他在我心中，我方會如此的見影思人，那所謂的見到草繩以為是蛇。之後看了更多尊龍的電影，兩人的相似再度釐清。

我終究該承認，即使是尊龍飾演末代皇帝經歷風霜後的那一張臉，與他實質上相似度不太多。

只書展中乍見大銀幕上的那一張臉，經歷風霜卻又有如此獨特的美麗，那種極致華麗後的衰敗，我一直要用這樣的一個英文字：

Decadent。

成為了我生命中的重大意象。

寫這個段落的夜晚我做了一個夢，凌晨醒來時很清楚的記得夢境：

有個長相並非特別突出但平實可靠的男人在和我道別，為了他要和另一個女人在一起。可他又那樣有情重義的要表現出不捨。我們都心知肚明必得要分開，我就是並非那個要在一起的女人。

夢裡我對他的感情沒有那般深切，道別起來並不困難，惆悵與遺憾一定是有，但絕非刻骨銘心。就算是沒有眼淚與恨，也是道別。

醒過來後我相當訝異，即便是在夢裡，曾幾何時他成為一個相貌並不突出但平實可靠的男人？這完全不是初識時的印記。是因為長達三十年來我還繼續在不同的場合看到他，就算是男人老去得慢，也終究顯現年齡。

我現時的夢境，究竟要替我的過去訴說什麼呢？

我自己都感到好奇！

殺人

1

先前那男人以著他一向誇耀的方式，就要揚長離去。

她當然知道他要去那裡，他不是事先鋪排了那要做為新拍電影的女主角的橋段！她當然知道他要去那裡。

她也知道即便答應陪同他去看那什麼3D電影，怎樣3D虛擬實境，就算能擴充實境，也是一場電影，總有放映完的時候。他還是要司機先送她回家，然後他就會沒入「西門町」——在他們的年代，據說一塊招牌掉下來，會軋中三個導演的地方。

眼看著他就要揚長離去，Sieraya先是沒去追他，也不曾出聲，胸口緊縮的悶壓住了，呼吸有若中止因為再吸不進氣，得十分費力的，才好似有氣由肺部再慢慢的吐出來。然不曾成為聲音甚至不是嘆息，那氣也真綿長，幽幽深深的無止無盡，吐也吐不完。

（她知道更因著不陪他看電影，他必然另外去找玩樂，再回來若有似無的宣揚。他一貫對她的方式。）

好似心底突的落空，整顆心掉了下來，一時便回不過意來，腦中真的一片空白，一切止息。

整個人跌坐入一旁的長條沙發上，半依半坐著就不曾起身。

那男人居然連回過身來都不曾。

從來沒有，從來不曾，有一個男人要這樣三番兩次的一再離去！

（而他居然連回過身來都不曾，宣誓似的整個後背就這樣完整的暴露在眼前！）

是在他站起身離開的瞬間，她有了這樣的決定：

她要他，不管以任何方式、付出何種代價。因著她朱影紅，活到那片時片刻，還從來沒有任何一個男人，這般三番兩次的自她身邊走開，而且說走就走，毫無餘地。

我們做為一個女子，對情愛的渴求，為著或不同的緣由，被命定始終無法被真正的瞭解、懂得與珍惜，無從得到真心的回報，必然的只有被辜負。

既知曉命定要被遺棄，我們便只有自己先棄絕情愛，如此，歷經了含帶悔恨的無奈與愁怨，在自我棄絕的心冷意絕中，便有了那無止無盡的墮落與放縱，那頹廢中淒楚至極的怨懟與縱情。

而從中，我終於懂得了那棄絕。

接下來一定有時間過去。

然而眼中怔怔的無相無影，就是不見，視若不見。

然後像是焦距在移轉，慢慢的才又對上焦，下個抓得住視線的是正對著的那盆大白茶花，忽然之間靈光一閃的竟然看到還會留意到，原該有一大朵白茶花，先前看到時還未全開，現時再見，已然整朵不見。

花種在盆裡，盆擺在以鐵欄桿伸出去建構成的露台。那以鐵欄桿延伸出去建構成的露台，無地可以承載，高樓外牆狗貓動物都上不了。為了避風雨，高樓的風雨，三十六層高樓的風雨，上面搭有透明塑料採光罩，四周還間隔防風玻璃。

（如同密室一般。）

並不曾有傾盆大雨甚至沒有下雨，無水來淹覆，天外閃電不曾閃放無火燒灼。只剩由天上來還得飛翔才至的飛鳥。可鋼筋水泥的叢林裡哪來飛鳥？連小小的綠繡眼都不得見，就算來了綠繡眼白頭翁，站著只跟那大白茶花差不多一般高度，無能力摧殘花朵。

（簡直就是密室。）

Sieraya 起身探出頭，花盆下方高樓層的萬丈深淵，但中間仍間隔其它樓層的露台。即便真是掉落，也還該看到花朵。

那花怎就整朵的不見踪影。

突來一陣雞皮疙瘩臨滿 Sieraya 一身。

Sieraya，她在這裡有個漢人名稱：史拉雅，史拉雅自夜色來臨，即坐在那華廈三十六層高樓的自家客廳，斜斜的對面，即是曾名列世界第一高樓的「台北一〇一」。

她看著的並非那入夜後稱作十全十美高樓堆疊的錯落燈光。

而是客餐廳開放廚房大型洗碗槽裡待清除洗淨的一整副內臟。

一整副有些言過其實，臟器的上半部肺臟已移除先是放於一旁，之後大副的兩片肺葉有一角被切除後，已經被丟入一旁的大型黑色塑膠袋，那垃圾袋因為要放置大量廢棄物質厚完全不透明，Sieraya還有那整副肺臟一進入，重量加上滑手，一溜煙霎時滑下到底部無聲無息就此不見的手感。

感覺上毀屍滅跡更是駭人。

但整副內臟從心、肝、肚、腎、大小腸，可仍一樣不缺。

旁邊擱著一盤做好的「夫妻肺片」，看起來果真紅油重彩、顏色透亮。

而吃起來是否爽滑筋柔、麻辣鮮香、粑糯入味？

她原只想要煲個肺片湯，杏仁豬肺，那男人抽菸，肺片湯一如本草綱目所言：杏潤肺，以杏配肺。

健肺益壽，宣肺止咳、散寒解表。

她原想要煲個肺片湯。

（是那男人驟然離去，幾近無呼吸的悶壓、氣息不能進入，她反倒不做「肺片湯」。何況男人也喝不到了，她才改做了「夫妻肺片」。）

Sieraya坐在開放空間廚房的吧台前。

像有些人會做的：先磨好利刀、排列整齊，雖不一定會全數用到它們，但依序大刀小刀長刀短刀厚背薄口排列整齊一定必須。

她伸出手去拿刀。

白慘慘的月光一點一寸緩緩在移動，她定定的凝視著那月光，像被引導般，當月光侵爬到觸及刀身時，閃掠過一道白亮亮反光，她伸手拿起那把豬刀。

寬背薄口的刀竟異常的沉重，她以兩手握住，再一刀刺下。

黑暗中恍然閃過她眼前的是那頭嚎叫掙扎的豬仔，喉口處斜插著一把豬刀，大股的濃紅鮮血不斷的由缺口處噴灑湧出，渾身痙攣的顫動著。

可怎麼不見血，這時候不是應該有大量的血，而且總噴不完？她奇怪的想。

於是將喉口側擺向一旁，該是血要流向一旁。

是不是那股上揚噴灑的血逐漸在凝聚、轉換，有霎時間似一節血紅的柱子，直插入一片墨色的漆黑中。

她揉揉眼睛，而後，突然間，伴隨一陣陣猛烈的抽動，那柱子轉為焦黑倒落，紛紛又化為濃紅色的血四處飛灑。

那麼再開膛看看吧！

來到了腿腳處。

那腿靠身體的部分有大塊肉塊堆疊，而且腳一定還沒有熟，才會中心處一片赤紅，血水還腥紅腥紅的涎沴出來，多切幾下，即成一團沉甸甸血肉模糊的肉堆。不過，不用去管它，她想，揮刀斬向另一肢。

最後看切斬成一塊塊差不多好了，她坐下來，那白慘慘的月光已退移向門口，很快就完了。

Sieraya坐在吧台前準備開始，立時發現的是：

吧台下留有的一雙拖鞋。

白色的室內拖鞋，雪白絨布面上燙著金色的皇家徽飾，奇獸與盾牌，是一同旅行中男人穿過的旅館拖鞋，穿在腳下踩踏著的是厚且軟的雲端，還是最華貴的皇家禮遇。

離開時收入行李箱中，雖然跟他住過一些好旅館，也不曾見到如此舒適的拖鞋。她知曉自己心中真正所想，是喜歡之後他上她這兒來時換穿上，他們便會穿著同款的拖鞋，一大一小，男人與女人。

於今，那白色拖鞋左右兩隻零亂相隔不小距離的散落……。

一定是有突發事情，怱促間連拖鞋都不曾歸位，就這麼留下來的。

再坐在吧台前準備開始，那雙拖鞋事實上並不礙腳，吧台下有足夠的空間容納自己的雙腿、膝蓋下的雙腳。

可就是被干擾。

約略一下才想明白，留下來那一雙白色的室內拖鞋，便好似有另一雙腳在吧台下，一直在那裡。

兩雙腳，本來可以是他的與自己的纏綿在一起。

是一如那誇耀的男人看了那部電影後，一再重提的畫面。

男女主角，女的是那愛情片中永恆的玉女，息影後凍齡的不老女神；男的離開大銀幕後，非常替觀眾著想的不再出現於人前。在這部他們風華正茂、還不怕被看到歲月的影片裡，留下了這樣的經典畫面：

赤腳的一雙較小狹長白晰的腳，踩在另雙穿男鞋的大腳上。當然有音樂，電影主題曲響起，兩雙腳，疊在一起的兩雙腳，前後左右搖曳移動著甚至不是的舞步。

一雙踏在另雙腳上的舞步。

磨撐、觸抵、抬起、交纏……兩雙始終不曾掉落脫離的腳。

黑色室內拖鞋雖明顯的是男人的尺寸，但旅館供應的拖鞋，多半不會仔細區分大小。

（是不是可以只是我自己和我自己的另一雙腳?!）

她扱起拖鞋，現在，她可是兩隻腳穩穩的踩在那男人穿過的拖鞋上。走到大型洗碗槽，裡面一整副內臟待清除洗淨。

一整副有些言過其實，臟器的上半部肺臟已移除先是放於一旁，之後大副的兩片肺葉有一角被切除後，已經被丟入一旁的大型黑色塑膠袋，那垃圾袋因為要放置大量廢棄物質厚完全不透明，Sieraya還有那整副肺臟一進入，重量加上滑手，一溜煙霎時滑下到底部無聲無息就此不見的手感。

感覺上毀屍滅跡更是駭人。

但整副內臟從心、肝、肚、腎、大小腸，可仍一樣不缺。

3

Sieraya坐在開放空間廚房的吧台前。

吧台上依序大刀小刀長刀短刀厚背薄口排列整齊。

刀旁放置著那誇耀的男人先前帶來的一本書，打開的書頁才在書的一開頭。

都說要重拍《殺夫》。

她最首先要做成的便是一只胃。

小說裡那殺夫的女人林市的胃。

一定要將那胃滿塞，裡面水陸生物都有，而開口處用瓢瓜絲線緊緊縫牢。

她要做一只胃，林市的胃，裡面水陸生物都有的，就是「雞肚鱉」。

雞肚鱉材料：

肚一枚

雞仔一隻

鱉一隻

瓢瓜絲一段

高湯一鍋

肚愈大愈好，最好是胃囊已被撐大，而且成型，不致軟趴趴的只是一小球。她從那洗碗槽的整副內臟用一只平口利刀很順利的切下取出整個胃囊。

Sieraya準備在先，為了要擴展那胃囊，她事先將一只那誇耀的男人用來放髮片的塑料人頭清洗乾淨。男人能力再好，有了年紀後同樣面臨掉髮，戴整頂假髮看來做假，只用部分髮片，便有了這脖子以上的塑料人頭來放置髮片。

他們一起去假髮店挑來的人頭，她選了這高鼻薄唇的西方男人臉面，第一眼乍看，有如是那電影裡的尊龍。

這塑料人頭便一直放在她的梳妝台上。

她將整個胃囊罩在人頭上。那略彎的胃囊上方較窄，寬大的胃囊部位由人頭下方往上罩入，較窄處留在脖頸處，略皺的外觀果真看來像老了的脖頸垂著一截皺肉。往上，仍有彈性的胃囊撐得一張模糊的人臉，好似仍可見眼、鼻高低。

電影上會見到的匪徒以女人絲襪罩臉，只不過更模糊些，尤其胃囊畢竟是來自活體，組織有其真實成分，便是胃囊長臉，或者人臉長胃囊，也就更可怖。

Sieraya將它留置，預期時間久後，可以定型得更清楚明顯。

接下來要處理的是雞。

雞宜用烏骨雞，土雞肉Q彈味鮮好吃，然烏骨雞能補精氣提神。

雞一經放血，剛在死亡過程中，雞身仍柔軟體溫尚在時，骨頭與肌肉組織未僵化，這時才便於著手。立即要在雞腹下方切一橫切開口，伸手入內，以手腕手指之勁道，強力將烏骨雞內裡的骨頭，從胸骨脊椎、大小腿骨、甚且翅膀內的小骨頭，都要一一拔除出來。

手有力善抓拔者，拔除乾淨後，能將一副完整的雞骨骸完好的拼置，放於全雞一旁，一根骨頭不缺。

烏骨雞頭、頸整段切除、雞腳砍掉不用，此時雞仔無頭無腳全身無一根骨頭，成一團圓滾滾肉球。

鱉宜用天然非養殖鱉，容易挑到上選小隻鱉。殺鱉放血時，將鱉頭與四腳固定在鱉殼內，如鱉做縮頭烏龜狀時。清除完內臟，盡量將鱉頭與四腳藏於鱉殼內減少占有空間。

Sieraya先要將內裡已清除乾淨、肚腹的殼去除、頭四肢縮在殼內的鱉，放進烏骨雞肚內。

鱉雖是隻小鱉，但背著殼便有一定的體積，全身去骨的烏骨雞雖柔軟像一團雞肉球，但肚內的空間仍然有限且固定。她好幾回試了不同的角度，要將鱉塞入雞肚內，都不得其法，仍有部分的鱉留露在外。

所幸烏骨雞肚的橫向切口夠大，Sieraya手持一把尖銳的小刀，伸進到雞肚內，切開雞肚最頂端連脖頸到翅膀處的阻隔，以及雞腿多肉之處。如此將切開的肉推移開來，製造一個全無阻隔更大的雞肚空間，但有些部位肉被切開，明顯只剩下外面的一層雞皮張著才維持整隻雞的模樣。

極小心的，將小鱉塞入，現在只剩下小部分鱉殼在外。她緩緩一點一寸的推移鱉體，尋到更多的空隙好讓鱉容身，得留意不要讓堅硬的鱉殼刺到那肉被切開只剩下外面一層雞皮維持表相完好的部位，否則鱉殼穿透雞身，一破相，所有的心血努力都毀於一旦。

所幸最後還可以用瓢瓜絲的線將雞肚縫合，將鱉穩穩的固定在雞肚內，否則烹煮時兩種不同物種受熱脹縮不一，還是會有所位移。

接下來要將內懷小鱉的烏骨雞放進胃囊內，又是一番掙扎。

從塑料人頭取胃囊下，被撐大的胃囊眼目可見的略微縮回，趁人臉仍殘留胃囊上未全消失，Sieraya將肚內懷著鱉的烏骨雞從胃囊較大的那端塞入。看著隨新物項的置入，那略微的人臉很快就消逝痕跡不見，只是印記好似永遠銘鉻。

取瓢絲線將豬肚口緊緊縫牢，那肚才還原成原來的胃袋。

將這胃袋放入高湯中，慢火細燉。

高湯浸淹去肚，肚裡藏著雞，雞包著鱉，一套又一套，重重套住，一層又一層的隱藏、包覆，為著的，究竟是什麼，掩藏著的，又是何以故？

而時間過去。

Sieraya打開那在高湯中慢火細燉的「雞肚鱉」。

大鍋高湯裡的胃囊因著肚內滿塞的重量，只露出一小截冒在湯上。胃囊開口處的絲似乎被撐得鬆動，掙扎著露出內裡些許黑色的烏骨雞，這截黑色一如加上了神奇的效果像一片黑色的髮，乍看載浮載沉像是扣在水裡的——

一顆人頭?!

還有著那人臉的痕跡印記！

仍不禁一陣雞皮疙瘩襲滿身，揉一揉眼睛，那來的人臉？

Sieraya端詳這雞肚鱉，她以為自己成功的製造出裡面水陸生物都有的：

「林市的胃」。

也終於方能吃飽。

都說餓鬼道何以永遠吃不飽？

因著餓鬼們咽小肚大，吞下的永遠不夠胃想要的。

這才肚腹內猛的傳來一陣強烈的飢餓，口中還不斷湧出大量酸水。丟下豬刀，林市爬出房外來到灶邊，熟練的升起一把火，取來供桌上擺放的幾個紙人與紙裳褲，一一在火裡燒了，再端來幾碗祭拜的飯菜，就著熊熊的火光蹲在灶邊猛然吞吃，直吃到喉口擠漲滿東西，肚腹十分飽脹，林市靠著溫暖的灶腳，沉沉的，無夢的睡了過去。

而那一再哭訴著沒有東西可吃的阿母，也終不再出現。

阿母顯然不願再等待，將手伸入自己的肚腹，掏出血肉淋漓的一團腸肚，狠命往嘴裡塞，還嘰嘰吱吱的笑著說：

我沒有東西吃，只有這一點點番薯籤。

她那張臉，衰瘦的臉上有著鮮明的紅艷顏色及貪婪的煥發神情。她嘴裡正啃著一個白飯糰，手上還抓著一糰。已狠狠的塞滿白飯的嘴巴，隨著她唧唧哼哼的出聲，嚼過的白顏色米粒混著口水，滴淌滿半邊面頰，還順勢流到脖子及衣襟。

做母親的仍持留原先的姿勢躺在那裡，褲子退到膝蓋，上身的衣服高高拉起，嘴仍不停咀嚼著，直到女兒跑到她身邊，做母親的拉著她的手，才號啕大哭起來，斷續的說她餓了，好幾天她只吃一點番薯籤煮豬菜，她從沒有吃飽。

她伸出手去掏那腸肚子，溫熱的腸肚綿長無盡，糾纏不清，掏著掏著竟然掏出一團糾纏在一起的麵線，長長的麵線端頭綁著無數鮮紅的舌頭，嘰嘰喳喳吵叫著，揮起刀來一陣切斬，那舌頭才紛紛隱去。

都說要重拍那電影。

之前拍過一次，但被認為離原著太遠，一點血腥暴力都沒有。

（在一九八三年，在戒嚴時期的台灣，電影要呈現血腥暴力，事實上也不可能。）

但至少「比較」血腥暴力一些。

像這樣的情境，至少也可以用做「雞肚鱉」鏡頭來描繪。

真有其事

他第一次給我打電話，是那夜裡吃有烏魚肫的晚餐幾天後，他在辦公室，匆促問我工作的作息時間，我只來得及說休息得很晚，他隨即掛了電話。

夜裡十一點來了電話，他在洛杉磯，早晨七點，旅館房間的窗緊閉，手上的錶仍是台北時間。

他到洛杉磯，為的是處理在地的事業。第一次在電話裡交談，深夜裡的電話，四周寧靜中，更是字句皆入心頭。我安靜的傾聽，幾千里外之外，他的聲音一如同在一個都市裡，那天涯真可以成為咫尺。

「我只有在旅行的時候才有時間打電話。在台灣，每天那麼忙，想在電話裡聊天也不可能，我的朋友都知道，我只有旅行的時候，才會給他們打電話。」

我輕輕的笑了起來。

「多麼昂貴的嗜好。」我說。

那是一個網路尚無，打國際電話，尤其是透過旅館來撥打，輕易可以打掉一張長途機票的花費。

「我這麼辛苦的賺錢，全世界到處跑，還不是要痛快的花錢。我前陣子想要休息幾天，一個人坐飛機到法國，在巴黎呆了兩天，沒什麼意思，便飛紐約住了一天一夜，隔天再飛回來。」

我忍不住失笑出聲。

「那你的假期豈不是都在飛機上過的？」

「是啊！我喜歡坐飛機，頭等艙，誰說旅行不能只坐飛機飛來飛去？」

在八〇年代爆發的台灣經濟中，我看著這個偉岸、美麗、相當目空一切的中年男人，充滿自信、堅確、努力、橫衝直撞的勇往直前——他如此處理他的事業，對他的戀愛亦然。在八〇年代一切俱有無盡可能的台灣社會中，他充滿奇想，有著氣盛的衝勁，而在他手中，好似所到之處，真可點石成金。

我現在都還記得，他是怎樣引動了我少有的驚心動魄的傾心，以及，全然不可自拔的迷情愛戀。

尤其他也在積累他與世界之間的關聯，這尤其令我感到折服。

這誇耀的男人年輕的時候應該算是「文青」，會看文藝電影的那種。可他居然看過費里尼的《大路》（*La Strada*），仍讓我十分訝異。

他靦腆的解釋：

「盜版錄影帶上看到的。」

這也是那時代標準的文青配備，緊閉室內人手一菸（也是文青配備）煙霧迷漫的小放映空間，通常是大學附近窄巷子裡的違章，每人收三、五十塊，二十八吋電視，播出盜拷多次、昏暗、時或跳動不清的BETA、VHS錄影帶。

我是個作家，而且是個所謂名作家，他在我面前談到這些文青過往，總是些微不好意思、有著「關公面前耍大刀」的局迫，但其實更是自得。

尤其當他說到影片裡的小丑被嘲笑有張臉像朝鮮薊。

我微略思索了一下，來到我腦中的是：

電影裡「臉像朝鮮薊」說的應是大力士的妻子。

當時年輕而且心直口快，我沒有什麼在意的說：

「不對啊！說臉像朝鮮薊的，是說大力士妻子的臉像朝鮮薊。」

那誇耀的男人瞬間變臉的方式，讓我真有著他被乩體上身的驚懼。那片刻中以著心存愛戀的女子的意會，我方深切明白到那所謂「男人的自尊不容挑戰」的真實性。

他一定明白在藝文這個領域上不要和我糾纏，因為贏的機率不大，轉而攻襲的說：

「朝鮮薊？什麼是朝鮮薊？」他說：「臉怎樣像朝鮮薊？」

「是啊！」我也趕快附和的笑著說。

我知道我贏了，同時也輸了。

對這部分我會特別注意到，因著在那個年代，看完電影後我們都好奇：什麼是朝鮮薊？

我們都是出國後才見到朝鮮薊的。

他也如此。賺取初步財富，跟著其時時潮往國外發展，在那有花都盛名的浪漫都市，陪同的留學生帶他到巴士底獄假日市集，終於看到了朝鮮薊。

一定要買了一個回來，可怎麼煮呢？

留學生有前朝台灣學生留下來的大同電鍋。

「放在電鍋裡蒸是最好的煮法。」他意氣風發的說：「我發明的這道大同電鍋蒸朝鮮薊，成了台灣留學生中的一道名菜。」

電鍋蒸朝鮮薊

大同電鍋一個

（至少要有六人份的電鍋，太小的雙人份電鍋放不下大顆的朝鮮薊。）

一大顆朝鮮薊洗淨

放入大同電鍋煮飯的內鍋

外鍋加入可容納最大量的水

需蒸四十五分鐘左右

注意：外鍋得適時加入沸水，避免水乾後大同電鍋會自動斷電停止蒸煮。

「怎麼知道用蒸的而不用煮的呢？」我問：「朝鮮薊圓圓一大團，外殼又那麼硬，一般都會想煮它，而且煮很久。」

那誇耀的男人以一貫誇耀的方式回道：

「電鍋本來就是用來蒸的吧！」

我點頭。

「我只不過物善其用。」他更加得意的加道：「從小我阿嬤就教我，蒸的才能保留原汁原味，才會好吃，煮的，把氣味都煮沒了。」

「你們怎麼吃呢？」

我幾分促狹的問。

上個世紀八〇年代的台灣，不要說朝鮮薊是什麼沒有幾個人知道，我在小說《迷園》裡寫到在晚春時分的宴客中，懂得要新釀的Beaujolais要冰得恰到其分。還被所謂批評家，更是留學法國多年回台任教的教授，指責沒聽過Beaujolais要冰的。我當時還不好在反駁的文章裡寫出這點，因為不要讓人覺得我有如此的階級意識。

「你們怎麼吃呢？」

這回他真的顯出了不好意思：

「沾醬油吃。」

我忍不住皺起臉來做了一個奇怪不解的表情。他為了要遮掩「沾醬油」這回事，很快加道：

「我們可沒有整顆拿起來啃，再怪它怎麼這樣硬。我請台灣留學生事先幫我做了些暸解，知道要吃它的心。但什麼才是朝鮮薊的心？也弄了好幾次，才知道不能吃的是那些有絨毛的部分，要挖掉。但挖掉後看起來就不像『心』了。」他說。

「有看起來像臉？女人的臉像朝鮮薊。」

他略遲疑後斷然的回答：

「不像！」

這誇耀的男人一向有這樣的氣勢，相信並忠於自身的判斷。

（不管之後可能要負怎樣的後果。）

可他對於朝鮮薊沾醬油吃就沒有相同的氣勢。那時候「沾醬油」仍被認為老土，是吃不慣西餐、不能吃Cheese、有個中國胃的人才會一定得沾醬油。

不用那在巴黎超市四處可找到的沙拉醬來沾朝鮮薊，往後被稱作是美食家的我，以為合理的推測是，對他們來說朝鮮薊已經是那麼奇怪的東西，要能下肚，總該搭配一些熟悉的東西。

能提供鹹味百搭的醬油成了最佳的選項。

（我們都是吃醬油長大的。）

他一定知道晚近醬油成了西方料理常用的「東方」touch，如果現今再問他同樣的問題：

「朝鮮薊沾醬油吃？」

他一定會說：

「是啊！有什麼不可以，很好吃啊！」

為了怕切開的朝鮮薊碰觸到空氣會變黑，得在切面抹上檸檬。他們當時因為不曾修剪朝鮮薊，也不曾將頂端三分之一處先切除，完整的整棵放進大同電鍋蒸，所以也不需要將檸檬抹上朝鮮薊。

現在他知道要抹上檸檬，而且更添加上另一種風味，更有層次感。我知道他一定會這樣說。

（真的那麼好吃嗎？）

打開大同電鍋鍋蓋。

（看到的是朝鮮薊還是人頭？）

電影裡大力士的妻子不是被嘲笑說，有一張像朝鮮薊一樣的臉。

那麼，這一回，這無所不能煮的電鍋，就用來煮人頭吧！怎麼樣燉煮也許不是重點，重點在打開鍋蓋的那一瞬間，裡面是一顆人頭！（還是朝鮮薊？）

人頭／朝鮮薊本來不就一起，或者說，臉本像朝鮮薊。

而是的，這個誇耀的行事不按牌理的男人，成為往後我一部小說《迷園》裡男主人翁林西庚的主要原型。

與小說中主要敘述者朱影紅相對應。

第二部

跡證

Sieraya，她在這裡有一個漢人名稱：史拉雅。

於那高樓華廈三十六層的自家客廳，斜斜的對面，即是曾名列世界第一高樓的「台北一〇一」，冬日午後近黃昏，氣象預報雖水氣不多不足下雨，但那有如勁竹十全十美的一百零一層高樓，不時就掩抑上一陣雲霧，尚未開燈的大樓，果真就會謎樣的剎那全然不見踪影，再詭譎的於數秒內突現部分樓層，像被斬體截肢，全然不是雲霧飄渺中的迷幻仙逸。

籠罩著的是烏暗霧氣，更是十分不詳。

斜斜面對曾名列世界第一高樓的「台北一〇一」，史拉雅於自家三十六層高樓露台上，栽種有一株小黃瓜。花農栽培好於花卉市場賣的小黃瓜，買來已結有三條小孩手掌長的小黃瓜。

買時不曾多想，只因據說市售小黃瓜全噴灑大量農藥，買回來自己看著，吃的時候也安心。

小黃瓜繼續長大，已有十幾公分，垂掛在藤葉間有如自己所生養並非買來的食材，珍愛著不曾想要吃它，就一直在那裡。

就在那失落的茶花旁。

1

那警政署長說要前來。

然已是夜裡，仍為那起之前發現的分屍案，臨時有了新事證開記者會，延誤了時間。

正臨全國總統大選，除了政黨之間的互相攻防，更吸睛的是一件兇殺案，陳屍在

「台北一〇一」大樓旁，被剖開體腔取走整副臟器的是一個商界聞人，以慷慨投資選舉常給付大筆政治獻金，在政商界頗富盛名。

最初始的新聞流向是情殺，這商界聞人長年以和著名的女星、女歌手、女藝文工作者交往聞名於外，他還被坊間讚揚對女人的品味，往來不乏各界才女，而並非波大無腦的青春正妹。

接下來新聞有了轉向，大選期間正流行的「假新聞」一時在網路瘋傳，藍綠兩大黨各有小道消息，有一說指稱商界聞人得到對岸中國政府的大筆金援，要支持親中的候選人干預總統選情，但為執政黨知悉，因此才慘遭殺身之禍。

兇殺案介入政治原因，警政署長不可不慎，臨時記者會也小心坐鎮。

特別是那商界聞人人頭全然未曾遭受破壞，好似特意要留下整個頭顱臉面易於辨認，頗有示警的用意。但軀體則從頸部胸腔被往下整個切開，巨大的切口並不平整，法醫甚至研判，是家用的利器，比如一把質優的生魚片刀，甚至是銳利用來剁骨的大菜刀。下了許多刀才能切開男人有厚肚腩的肚子。法醫研判，是先被昏迷後下刀，而且殺人者力氣不足、經驗不夠才致此。

要陪同那警政署長到來的，是正在選舉區域立委的候選人，史拉雅年輕時識得，算不上一起走街頭，他也沒坐政治牢，最多只能算「黨友仔」，但政黨輪替後眼光精準的跟了上來邀功，靠地方勢力民選進入立法院。由於兇殺案發生在他的轄區，他陪同警政署長前來，算是給彼此做足面子。

警政署長能高升到目前的位置，還是由這立法委員的派系牽成。為了形成自己的人脈，那立法委員所屬的派系，將一個南部的地方高層警官，拉拔成為警政署長，說是為了南北平衡。

國民黨政府從中國敗戰來台，緊緊掌握的便一定是黨、政、軍，這高層警官也不例外，原屬執政國民黨陣營，但黨外勢力執政後任用了他，誇讚稱之為「藍綠雙方大和解」，以排除異議。

總統大選期間，發生這樣一件舉國矚目的兇殺案，死的不僅是商界聞人，還可能涉及大筆政治獻金，發生的地方還在這全國最昂貴的新興蛋黃區，警政署長想對這個區塊做進一步的瞭解，但又礙於居於此的非富即貴，不敢貿然前往打擾。

史拉雅多年來居住此區，堪稱是首批進駐者，對那附近豪宅搬進什麼富貴名人，相當清楚，立法委員自稱「舊識」，便自願要帶警政署長前來拜訪。

立法委員不曾聯繫到來的時間，逕自來到大樓樓下，還是管理人員打電話上來通報。

其時Sieraya正在給自己煲個肺片湯。

她原想要做一道肺片湯，卻因為那誇耀的男人不在了，改做了「夫妻肺片」，現在，她決定還是要回來為自己煲個肺片湯。

是那男人不在後，幾近無呼吸的悶壓、氣息不能進入?!

杏仁豬肺

本草剛目：杏潤肺，以杏配肺。

健肺益壽，宣肺止咳、散寒解表

材料：

肺片些許

南杏、北杏

取南杏九、北杏一的比例

因南杏甜北杏味苦

做法：

南、北杏磨碎成杏仁汁

肺片切塊先清水煮

再加入磨碎成汁的杏仁煮

煮至湯汁像奶一樣乳白

（不產杏仁的亞熱帶島嶼，佐肺的還可以有那些乾果配方？）

材料：

鮮百合二兩（乾品一兩）

白果十粒

甜杏仁八錢

無花果三粒

生薑兩片

肺一片

做法：

肺片以鐵鍋烘乾逼走水氣，加葱薑辟味

材料全放入，用十碗水煮二小時成四至五碗

湯料可同食。

但她知道那肺即便久煲煮，通體遍軟，但吃來渣渣的並不可口，是因為那活命的空氣通道密布，死了後仍在那，影響扎實的口感而至如同嚼廢棄物殘渣一般?!

管理人員打電話上來通報時，Sieraya正在過濾久煮後的藥渣，接電話被打斷一時不免有些亂了步驟，任由肺渣混著煮後膨脹失色的鮮百合、白果、甜杏仁、無花果、生薑，就放置在吧台上。

那大半頁肺片，有一角便突兀的挺出於其它配料之上，擺明了怎樣也藏不住、欲蓋彌彰似的。

Sieraya前去開門，腳下穿的從旅館拿回來的室內拖鞋，還踏在那同款也從旅館拿回來的男人拖鞋上。走來略有不便，低下頭去看，才發現男人白色室內拖鞋，雪白絨布面上燙著金色的皇家徽飾，奇獸與盾牌浸染上紅轉沉的暗色血漬。

應該是清除那一副臟器不小心踩到淌流下來的殘血。

即便在這首善之區最昂貴的地段，居家仍多半有換室內拖鞋的習慣。那立法委員低下身去解腳上穿的名牌球鞋鞋帶，好脫下換室內拖鞋，立時看到的，也是這室內拖鞋從鞋底浸染上來絲絲紅色乾後血漬。

明顯的是男人的尺寸的白色室內拖鞋。

旅館供應的拖鞋，多半不會仔細區分大小，但這國家經營的旅館，細膩的區分男人與女人不同尺寸的拖鞋。穿在腳下踩踏著的是厚且軟的雲端，還是最華貴的皇家禮遇。

離開時收入行李箱中，雖然跟他住過一些好旅館，也不曾見到如此舒適的拖鞋。她知曉自己心中真正所想，是喜歡之後他上她這兒來時換穿上。

那是他們隨同總統一起來到中美洲邦交國住宿的國賓旅館。

（這立法委員也曾想要參加這次參訪之旅，但因為不在「外交委員會」，不曾取得名額。）

是為「中華民國」在中美洲少數僅存的邦交國之一，還是較大的一個國家，人口至少上千萬。否則，其它的邦交國會是人口三、五萬，面積不大的太平洋、大西洋中小島島國。

政黨輪替，不論是原執政黨或在野黨成為執政黨，新當選的總統必然要出國訪問，但隨行的，終於可以有當年被判為階下囚的政治犯，或者那誇耀的男人以著一向良好的政商關係，爭取到成為隨行的人員，她則是以寫作者的身分參與。

首都的元首拜會自是必然，會來到這叢林裡小丘陵地高台上的市鎮，以及這聞名的市集、最大的教堂，則又是一番政治考量：

這是在地原民最大的一個市集，而且是重要的宗教聖地。

到這地區與其說是「親民」，倒不如說是讓台灣方面得知他們不僅和官方有外交官式往來，也關心當地弱勢鄉下地區老百姓的生活。當然更重要的是，讓台灣來的媒體記者能採訪到，這條經由台灣協助建成、由首都開往鄉下的新開通柏油馬路。

（不是所有外交都是凱子金錢外交，除了賄賂當權者外，事實上也對這貧窮的第三世界國家的發展有所建樹。）

記者們忙著採訪的是這新開通柏油馬路，總統免不了站在馬路邊搭起的台上有一番說詞。

2

警政署長本要一起前來，然為那起之前發現的分屍案臨時有了新事證開記者會，延誤了時間，只有那立法委員先單獨前來。

他們久未來往，史拉雅未曾預料那立法委員會前來拜訪，寒喧後一時也不知說些什麼。

等待晚到的警政署長期間，那立法委員看著開放廚房洗碗槽裡一副明顯已被切割開來殘缺零亂的內臟，明顯的不安。史拉雅又掩蓋的不讓他看到她正處理烹煮的，加重了詭異的氛圍，但又不方便開口詢問。

總要聊點什麼，那立法委員看到露台上栽種的小黃瓜，說起小黃瓜的身家故事，但要表示人脈關係，事先打趣他們都識得的一位坐超過二十五年政治牢的「先輩」N桑：

「我說的小黃瓜，可不能和N桑在牢中自己孵豆芽相比，他是體會到豆芽不是「壓不扁的玫瑰花」，而是要愈重壓才能長得又肥又壯。」

立法委員哈哈笑兩聲：

「不壓，豆芽會往上抽長，又無力支撐，長得瘦瘦長長歪七扭八。N桑還從中得到啟發呢！」

立法委員說他的小黃瓜體悟來自當前政局。

過往在皇帝的膳食裡，御膳房會盡量避免當季的時蔬。那小老百姓隨手可得的食材，現今美食潮流的最愛。

理由無他，嘗過了就會記得，御廚不希望皇帝在隆冬十二月的大雪天裡，突然想要吃新鮮的馬蘭頭、草莓、桃子……。

（御廚無能替代季節，而皇帝的命令絕不容違抗。）

但宮城內會建造暖房，來種植小黃瓜。

「為什麼種小黃瓜呢？有暖房，其他的蔬菜瓜果也種得起來啊！」

她問。

「當然是種小黃瓜！守衛與太監要做的關係，是宮裡無數宮女與眾多的娘娘們。」

她愣怔了一下。

是啊！當然是小黃瓜，而且一定只有是小黃瓜。

那冷地暖房中的小黃瓜，即便是天氣嚴寒，不可能像其它時候長得又粗又壯，但畢竟是小黃瓜，只要不彎曲太多，直直的長大，總有一定的粗細。而且本身就微微粗礪不平的外皮，還帶有一陵一陵顆粒狀的突起，在在都是絕妙佳品。

宮城裡，那小黃瓜進入了永遠都欠缺、等待中的水漬淋漓的溫暖甬道，隨著小黃瓜一進一出，豈只是相容，啊！就是天堂。就算年節不佳，歹年冬小黃瓜瘦巴巴長不粗，那逐漸鬆弛的內裡可是再感受不到孤伶伶的小黃瓜，可否再加一根，進入而且剛好滿塞?!

（為什麼不乾脆種大黃瓜？可那大黃瓜有女人、孩子胳膊粗細，太大了。）

太監們在私密的空間裡，也懷藏著這些小黃瓜，不會種得根莖雜生，歪扭攀爬。在褲襠裡，在那失落的缺口，無比的憾事，讓它直直的挺立在那裡，一點都不肯屈就，久違了的雄風，或者從未有過的英姿。

整座皇宮裡，不再只有「那男人」，有這樣的隆起權力。

皇朝的皇帝因此冬天也吃得到小黃瓜。

「供需要求是，皇宮裡先有這樣的需要，皇帝才吃得到小黃瓜。現在的什麼民主社會，也是如此。」

立法委員不忘表現他的政治素養說。

我從很年輕的時候，就與當時的異議分子有諸多來往。

許多年後，我自問何以不曾像那些友人們熱衷於「走街頭」。

我與反對運動，除了在幕後金錢上的幫助與協助，前期實質街頭抗爭參與不多，多少也是自以為在掩護我正做的「祕密工作」——國外的人權工作者帶進來相關的資料，我在島內轉發出去；也經由他們把國內需要救援的人名單，透露出去給國際人權組織。

那是個沒有網路，所有訊息只有由人攜帶或郵寄的時代，兩者都可能被攔查，我自以為「祕密」從事，但之後知道，很可能是放任我們這種「小尾」，好釣出幕後的線索。

當〇〇七需要專業人士，而我們連基礎訓練都沒有，只有一本翻印的流傳了不知幾手的「武力抗爭手冊」。

但那樣認為可以有所貢獻的犧牲精神，著實美妙，當中的冒險成分，更如同小說寫作一樣精采。

直到獨裁者逝世局勢匹變，一九九〇年後我更多的心力是協助組成選舉助選團，在全國各地幫忙站台助選。一九八七年雖說解嚴，肅殺的氛圍仍在，還得大型的抗爭，才廢除「刑法一百條」，那只要被認為叛亂則唯一死刑的惡法。

這麼長一段時間，我當然參與一些抗爭，也記得灑水車噴灑水柱、棒棍齊落、拖人離場的許多殘酷的畫面。然這許多年下來我有著最深切印記的，竟是靜坐下來的人群對著那仍不斷在計時的紅綠燈。

遊行後不曾散去的示威群眾停留下來占據街道，但再怎樣人數眾多也只是街道的一小段。那首善之都的城市以段落來區分長街，比如和平路，有和平東路、和平西路，還有一段、二段……可以到四段、五段。戒嚴時期膽敢上街頭抗議的人仍有限，遊行後有一部分人散去，留下的勉強占去一段街區。

往後有了民主自由後，和平抗爭略帶著嘉年華景況，能號召據稱百萬人上街。就算真有五十萬、上百萬人，也不可能將整條路從一段一直占據到四、五段，何況示威者主要是以總統府的廣場向外延伸。

於是，除了廣場向外延伸的街道之外，只消是一、兩公里外的馬路，仍然是人車可以通行、正常的運作著。當然那掌控都市秩序的紅綠燈，如常的變換。

是不能做切割、分離還是為著什麼原因，群眾占滿路段的紅綠燈也仍如常的運作，也就是說，整段馬路即便已為滿聚的群眾所癱瘓，所有路口的紅綠燈仍如常運作。小的、不重要的路口三十秒即變換一次燈號，稍不留意也就紅燈變綠燈，再綠燈變紅燈，一下子即過去不形成太大的意義。

然這條近總統府東西向主要的幹道，重要的路口會有一分半鐘的燈號，也就是說九十秒的綠燈，另一方一分半鐘的、九十秒的紅燈。

就在這路口靜坐，遊行用去了大量的激情，訴求必然的不會被許諾，就算不是兵疲馬困，也只有靜坐下來的拖延。在原車水馬龍並非用來落坐的馬路，沒有了雙方對抗、沒有激烈慷慨激昂的演講、大聲呼喊的口號，才知道一直持續的一分半鐘，九十秒的紅燈、綠燈，可以有多久。

明顯無用的荒廢，更張顯出時間真的可以是地老天荒。

（一切到了終點盡處，是不是都是一場難堪的荒涼？）

那紅綠燈既然已無作用，完全沒有了意義，為什麼不「關掉」這個區塊的紅綠燈呢？片段關掉系統並不困難：大人物車隊通過，一路綠燈到底；日常也還是會見到某個街口紅綠燈壞掉關閉維修，其它街口還是運行順暢。

可見的確可片段操控。

有能力關掉紅綠燈的只有統治方，但不會如此做，對峙時主要是要驅離對方，讓這一切都將很快的過去結束。抗爭者則沒有能力也不會有人著意要去關掉紅綠燈。在持續拉鋸中，勝敗的關鍵，離去的輸者必將一無所獲，只有爭取留得下來，寄望如果還有的機會。

即便可能如那無用的紅綠燈一樣的徒然。

無能改變，那紅綠燈便必然一直都在那裡，紅的，綠的，如果還有黃的，交替的變換。經歷所有的抗爭，整天整夜整年……整個人生……天長地久地老天荒，一定只有還在那裡。

成為一種永恆的提示：

重複，與無用。

這次的示威群眾會過去，但一定還會有下一次、下一次、再下一次……為求正義、求民主自由、更好的體制、生活……都無從打敗那瞬間變換但其實才更持久的紅綠燈。統治方與抗爭者，事實上每次都在面對永久存有的紅綠燈。

我坐在那戒嚴時期仍需要悲情抗爭的馬路上，從中不只看到重複、無用，還感到更甚的荒涼。

往後我想，從那個時刻，我就體知到一切都終將過去的無用與荒廢的荒涼。也就在那個時刻，我已然能開始體知，無關勝敗，整個的一切必然終將過去，活過的足跡、所屬的年代、曾有的輝煌……過往將如雲煙。

3

立法委員沒有第二個小黃瓜的故事，兩個久未見面的「老朋友」陷入了無話可說，過了最始初的禮貌相待，立法委員感到主人正等著他開口告辭。打了警政署長個人電話，接手機的是助理，手機那端傳來雜沓的各式聲響，立法委員知道，警政署長短時間不可能離開現場前來。

只好先告辭。

離去前，那立法委員還回過頭，看著開放廚房洗碗槽裡那一副明顯已被切割開來殘缺零亂的內臟，明顯的疑慮不安，說話中也自然流露出一種不甘：

「下次再來。」

不罷休的態勢。頗有他在立法院總是那個到最後一刻才撤離的堅持。

卻也故意小聲神祕兮兮的留下了這句話：

「有消息指出，那人在部署要選台北市長，甚至更高位，要選總統，而且得到對岸中國大陸的祕密支持。他從沒有從政經驗，一下就要挑戰這麼高的位置，不只擋了別人的路，還有某個風水國師說他是『武財神』轉世，機會很大。有人就說他觸犯天條，『上面』才會用這麼奇特的方式教訓他……。」

「『上面』？」她一時未曾會意。

立法委員用手指指上方，明示「上面」就是天界。然後邪邪的歪嘴冷笑：

「電影不是常演，道上行刑，把人殺了，割下下面那隻，塞到嘴裡……。」

Sieraya的確在等著立法委員離去，這個時間點，她心中想到迫切的是要做個東西。

不管是不是與那立法委員的小黃瓜故事有關。

立法委員站在門口穿鞋。低下身來又看到那旅館供應的空內拖鞋，白色的室內拖鞋，雪白絨布面上燙著金色的皇家徽飾，血從鞋底踩踏之後染浸到鞋面奇獸與盾牌，絲絲線線齒狀的攀爬上來，欲蓋彌彰的要訴說它的存在。

Sieraya剛剛踩著這拖鞋前去開門後，順勢也就將它留在門邊，只穿著自己原來的室內拖鞋進到室內。

於今，那白色拖鞋以著走出去鞋尖朝外、左右兩隻歪斜相隔小小距離散落，好似穿的人換了外出鞋離開了。

（或不見了?!）

他們不曾參與總統剪綵新馬路通車的儀式，由陪同導遊帶領，從那國家經營的旅館離開，先行到抵那教堂，由側門進入，來到立於側門一小方櫃子旁的一個原民女人前。

陪同導遊帶誇耀的男人和她來此，為問命，這能在教堂內施法解厄的女命師，據說超神準，能見他人所未見。

女命師深棕膚色滿臉如刀刃切出的深刻皺紋，但又不知為何看不出年齡，可以是中年，也可能是極老的老女人。瘦且小隻渾身披掛滿圖像器物，身上手上貝殼、念珠、植物仔的各式珠串纏繞，不由分說的「巫女」。

她正口中低聲唸唸有詞，交頭接耳的與身旁一個明顯有更多白種男人特徵的混血壯年人說著什麼。

似不用轉過頭即可見有人前來，她匆匆打發走先前男人。

黑暗的教堂內，靠著一直開著的側門透進的光亮，女命師站於一個祭拜神像的神壇旁。略突出的檯面邊緣，放置她用以算命的大把紅色豆子，那女人小指甲大小的豆子，即便在昏暗的光線下也可看出泛著美麗的紅色光澤。

「這是用四個一組、四個一組的紅豆來推命。」一直跟隨在一旁的翻譯，經由會說當地語言的導遊，先翻譯成在地官話，再翻成英文，如此幾重轉換後這樣說：

「她會隨手拿一把豆子，四個歸一組，接下來再一組一組一組的排除，看最後剩下幾顆來論斷。」

沒有外人在身旁，不怕機密外洩，誇耀的男人大膽的說出了他想知道的：

「想要參與一項競爭，不知有沒有機會？」

（導遊告知問題愈明確愈好。）

女命師抓過一把紅色豆子，但四個一組的拿到一旁的方式，較他們以為的複雜許多，即便自信眼明手腳快的他，也很快就跟不上女命師排除豆子的方法。

那女命師還口中不斷喃喃自語不出聲的唸著什麼。一會兒後透過幾重翻譯後，誇耀的男人得到這樣明確的回答：

「沒問題，她看到前面有路，開出來的，沒有阻礙。」

他點點頭，無須這女命師如此說，依現實的種種考量，他也知道自己有這樣的機會。然女命師的說法讓他對她有了信心，他問出了第二個問題：

「會贏嗎？」

女命師從一堆紅色豆子中再重新抓過一把，看起來用同樣四個一組的方式拿走紅色豆子放於另一旁，只不過手法讓他更難以看清，昏暗中女命師喃喃自語唸了又唸，最後顯然得到結果，經由當地語言翻譯成在地官話，再翻譯成英文，如此耗時的一再轉換，得到了如此明確的結果：

「不會贏。」

女命師說的是：

「她看到他前面有人，是個男人，在他的前面，他居第二的位置。」

每個人臉上都有著訕訕的不好意思表情，那兩個各會說在地語言、官話、英文的導遊、翻譯，試圖努力著什麼，又透過重重翻譯，同那女命師說著，最後，又倒著翻譯回來，同他說：

「也不用全聽啦，參考參考，她說現在看到的只是目前的情況，會有努力的空間。」

然後每人加了一句又一句的安慰話語，不外還會有所變化，將來，誰知道之類。

他和她都知道這回答並非直接來自女命師，可他們缺乏能詢問和得知的語言，也就無從探問那真確的訊息。而為著某一個難以言說清楚，無以細辨的緣由，那片刻她和他，他們兩人相互對看一眼，不知怎的心中皆明白、而且願意相信。

那女命師所言會成真。

多年來相處，她知曉那男人執拗的個性，不會就此罷休，果真他接著又問出：

「如果一定要選呢？」

問題明確這回翻譯得很快速，那女命師閉上眼睛，必然有所見，但明顯不願多說不曾回答。

而教堂正門正準備開啟，總統即將到來。

4

Sieraya在那三十六層高樓的自家客廳，在廚房的吧台上，把一截小腸和一截大腸擺放在一起，光用目視，就知道要用大腸。那小腸只有姆指粗，真不夠「看」，不僅之於那誇耀的男人，就算對所有的男人吧！一定必然只有要：壯觀。

大、粗、直、挺、硬……。

是的，她正在為那誇耀的男人做的，一定只有是：

大、粗、直、挺、硬……的陽具。

除此無他。

（無須講什麼象徵、隱喻、平行、對比……手法。）

明明白白的就是陽具。

一根？

或者數根？

那才是關係的所在。

從選擇的材料來看，大腸夠柔軟，但質地太厚。台灣男人，尤其他那世代的男人，不時興割包皮，當陽具不挺起時，一大圈包皮可以將龜頭都包覆，她自然知道那個厚度。

便得先刮去了大腸外層，要用不太利的鐵湯匙，手握匙柄用湯匙的邊緣使勁的刮，外層的組織沒有辦法立刻整片整塊整條的去除。但會刮下一攤又一攤的雜灰色濃厚黏液。

（那陽具通常也吐出這樣的東西。）

較以為的不經刮，那大腸就被刮薄了只剩下一層膜衣，而且會沾黏，裡面沒有東西間隔，連空氣都被排除支使出來，整圈腸衣密合起來了。

Sieraya想起那誇耀的男人，曾援引了那島嶼南部地區的工業大城，街道下埋著數百公里計的石化輸送管線，管線經過日久侵蝕，終於爆炸，幾十公里的街道腸開肚流，一如戰時炸彈轟炸過的巨大傷痕。

之後的調查檢視報告用這樣的字眼形容：

那管線在爆炸前已經薄如紙片。

可鋼鐵鑄成的涵管，厚度至少有十幾公分，得經年累月怎樣的摧殘，才會薄如紙片？

他說他可以理解什麼叫薄如紙片。

他說了許多替代字眼，她才終明白是在說他的陽具。

他說它，一有微小的刺激，便十分的激動起來，腦中傳達過度敏感而至體內真有「風吹草動」，漣漪效果便無邊無際的擴散。他說整根好不容易勃起、外膜薄如紙片的陽具，便好似爆炸開，立時整個軟塌下來。

他覺得自己的陽具外膜薄如紙片。

這點她現時終能理解。

Sieraya只好重新從大腸取出一截，還好那陽具怎麼說都不是長達上尺，能用的大腸仍足夠做上好幾根。這一回她小心不要將腸刮薄到只剩一層膜，保留了約莫包皮留下的手感厚度。

這才是陽具的外層。

接下來一定要填入。

要做的是包皮退下會露出龜頭的那一根。

填入的通常是肉。

那腸衣得由不斷推擠進入的肉，而且是切開的肉塊，才能在膜衣裡塞滿填不致有空隙。肉塊們在後面一直到來的推擠下，會自己找到最好藏身的所在，還得是肥肉瘦肉間隔比例恰當，方不會只是粗硬，而能彈性適意。

可除了肉，還可以填進什麼？

（那陽具只由切開的碎肉塊填成，啊！已被阻斷的肉纖維，那來勃起的力道？這關係到的不只是男人，還是女人樂趣的所在，無須先用意識型態亂加以咀咒它的無有能力勃起。）

最好填入的當然是用章魚，那多爪的章魚能以多隻爪同時盤纏、探入女體各處。從口、陰道、菊花，分進合擊的抽動進出，廝磨的速度尤其快似閃電無物能及，還能彎曲探入難以觸及的各式幽微密穴。

更不用說明處的乳頭耳後脖頸，俱可在它的無數吸盤下搔撩盡致。

然必得是活的章魚方有此妙處。

於今只為充填，Sieraya取來一大片質厚的軟絲。屬於「烏賊」的家族，魷魚、中卷、花枝本來都在考慮之內，也都會噴出墨汁，但以生的軟絲口感最佳（我們不也將「牠」放在嘴裡吃掉）。

更想要使用的其實是「豹斑章魚」，這章魚在危急時還會變色，顯示出一圈圈的藍色圓環，如同陽具戴上助性羊眼圈，而且最重要的是，豹斑章魚含有劇毒。

當它抽操擺動時，已然啟動了致命的吸引。

可不易取得。

Sieraya將質厚的軟絲圈成一個圓圈，握住拿捏的彈性手感，正是手握陽具的彈力回復。啊！沒有比這一圈的軟絲更適合的，小黃瓜太硬而香蕉太軟，就算橡膠製品也不容易做到彈性適中。只有這一圈軟絲，軟硬適中夠堅持能帶領進入，攻城掠地；手的擠壓，可回復又能撐住讓陰道感到有物，充充實實的在那裡。

滿足。

何況中間還有個開口呢！

（就請不要噴出墨汁！）

要將這一截一圈的軟絲塞入刮薄了的大腸膜，先要將軟絲間隔著一段長度綁住，阻止它鬆開脫落。預留的中央孔洞也不能太大或太小，才能像中心會噴灑出精液的龜頭。

要結合封口不外露，就必須綑綁起來。綑綁成為一種藝術，不只是綁香腸固定長度的一節一節，在這陽具的綑綁上，更可以有特殊的處置，要造就的是陽具勃起時整根上面血脈管道賁張有如盤龍遊走，往上往外噴馳的狀勢。

Sieraya說：

就用腸衣來綑綁吧！

就必得去取那小腸，一長段的小腸，下手不能太重，有分寸的刮薄，成為像一條軟質粗繩，繞著那一根直挺肉莖，纏出凸起的青筋脈路，在包皮的包覆下仍條條清晰，達到所需要的盤龍飛昇。

是的，成為挺立還筋脈張揚醜態畢露的那一根，難看不喜的那恐怖賁張。

(可才能攻城掠地的進入，產生出了參差的觸感，尤其當衝撞速度每分鐘達上百下，還在不斷的衝撞、進出。)

有時真怕衝撞過猛彎折！

所以先要是誘引，當陽具進入時，正也是在進入活體體腔內，包覆著它的是口腔、是陰道、是肛道，提供了的那包覆，想必是和緩退開但又慢攏聚上來溫暖的包圍觸撫。被包覆的應該也是溫存的觸感，陽具還更是安心的在進入，接受包覆與撫慰，才使那陽具在退出來後仍然要再進入。命定的追尋，一定要一再反覆持續的回去，找尋原點。

（方是至大的爽樂的生成！）

終於做完成型，Sieraya手握一隻有新生兒手臂粗長的巨大陽物。

誰有這樣的陰道好讓這麼壯大粗長的一隻陽具，能滿塞進入？

冬日夜晚，為應即將到來的總統大選，那一〇一筆直矗立的超高大樓立面，群聚ＬＥＤ燈打出的台灣圖像和文字：足以誇躍的自由民主、農漁花卉、電子產品、小吃美食。

整個地區幾十棟高樓參差布著點點燈光，更一直燈火通明，因著彼此間相鄰的不長距離，加上自身已處高樓不覺得有得仰望才能到達的高度。往外望去便不盡真實，暗空中幢幢樓影尤有著紙糊成似夢幻的炫麗。

十點過後，一〇一大樓LED燈不再閃變，整幢大樓突然被掏空似的沒入暗黑之中，所幸還餘下最高處的警示藍燈，救命的燈塔似的一線希望與生機。隨著應許夜將深沉，四周高樓的燈光也逐漸遞減。

進入的不知會是怎樣的夢鄉！

得掉落幾次花朵才會開始驚覺？

都說那花開得太招搖了，才會失落。

這樣一大朵白茶花，先前看到時還未全開，再見時已然整朵不見。

本應該只是開盡掉落在地上，平攤開來就算是是一床白色花屍，好端端的全無損傷，也就成屍了。

可未全開即整朵不見，怎麼發生的都不曾親眼目睹，總是一個不小心，花朵已經不見了。

（還不是離去一下，接下來再見的時候花才不見，而是就在現場，但花朵如何何時不見都不曾知曉。）

花朵從花枝上掉落只有一瞬間，真的只是眨眼的時間，要碰到這樣對的瞬間，看著它掉落，果真得是怎樣的機緣巧遇。更何況都說那落花如有恨墮地也無聲，懷帶巨大鋪天蓋地的恨，不得申訴也無償，掉落還得無聲無息不能引帶注意。

可在這之前，在無聲掉落的一瞬間，總該有些預先的訊息。

（高樓的風雨，三十六層高樓的雨，花下落之勢與平地不見有何差別，但風，就不是這樣一回事了。）

那花因而就整朵的不見蹤影?!

得掉落幾次花朵才會開始驚覺？

另件真事

那誇躍的男人成為我寫的下一部長篇小說《迷園》，形塑男主人翁林西庚的部分原型。

要強調「部分」倒不是要撇清，而是小說人物，尤其長篇小說裡的主人翁，真的是一個複雜的有機體。他除了可能有的原型、蒐集來的材料、創造性的添加，在長時間的寫作裡，由於新近產生的事件，還會不在原規劃中，自己發展起來……。

對那些來「對號入座」我小說的人，我真的要說：

少有（我的經驗裡是沒有）一個人，可以豐富到成為一部長篇小說裡的主人翁。

那誇躍的男人當然也是如此。但他一定是林西庚的部分原型。

比如為了時代背景和情節需要，林西庚在小說裡必須是一個房地產鉅子，那誇躍的男人當時卻與房地產全無關聯。更不用講小說裡的主情節，林西庚在朱影紅狂情迷愛用盡心機促成兩人結婚，現實中我則刻意的不再與那誇躍的男人有糾葛。

《迷園》裡的絕大多數情節，與真實無關。

我的逃離那誇躍的男人，因為那情愛巨大到我預見會有難以回復的重傷害，而遏然止步。

這在我平生少見。

我是個勇敢的情愛追逐者，愛情真是足以以生相許，尤其在不寫小說時，可以是唯一。但當愛情與小說產生衝突，愛情必敗退讓，理由簡單，愛情常只是傷害而寫作可以有自我成就。雖說我寫的小說帶來打壓謗罵詆毀羞辱，但與愛情連根拔起的致命傷害，仍不可同日而語。

我一直感到我有一個天然的防禦機制，在被情愛重殘前，會讓自己止步，接下來用來修復的，很可能就是寫作。

往後這很可能成為一種生活中的公式！

（是不是我未達成的痴心妄想的愛戀，成就了下一部的小說？）

可我在此要追溯的，並非當時摧折心懷的情愛，而是性。《迷園》中，兩場引發大量討論的性場景。

因為我能確定其時對那誇躍的男人至極的情愛，但不復記憶的是性。

1

我想找尋真相。

做為一個作家，真相原不可尋甚且不重要，然我會想要找尋真相，也許和我知曉所剩的時間已然屈指可數有關。不都說記憶是人一生的意義！年歲漸長，和記憶有著零和的關係，遺忘既是必然，所記得的過往，是真是假當會和生命的意義相關。

至於何以在這個階段有此尋求，我至今仍不可得知，也許在更接近死亡的時刻，我會明白其中的緣由。

我要尋回的是，在那誇躍的男人前來要為一段未曾真正開始的愛戀分手的那一個夜晚，遲夜裡，我是否真如小說所寫，蹲跪下來在滿植花木的院子裡為他口交。

我原模模糊糊的以為沒有，但從小說書寫中爬梳，卻不敢那麼確定。

朱影紅心中仍充滿他即將離去的絕望空茫。倒是林西庚那般技巧嫻熟的打開自身衣物，露出身體適當部位而能衣著整齊的站著。他的熟練與適當裸露的方式，令朱影紅一陣驚心。

朱影紅像許多面臨分離的戀愛中女性，傷痛著以為自己不願做這事，一再的躲閃與抗拒。他在嘗試不成後，轉為引導著她。

迷惑與讚嘆使朱影紅低下頭，珍惜的注視手中所有。

「好大。」

她迷亂的說。

一隻有力的手臂在她的肩頸施予壓力，她懂得他要的，彎下身來，遲疑中，他的手強勁的引導著她，終於她的唇觸撫到它。

她原是蹲著，時間稍久她換轉姿勢，跪下正臨他的高度。

她深被吸引並發出讚嘆，他則坦然挺立，驕傲自許的說：

「這是男人最寶貴的東西。最好的武器，怎麼可以輕易拿出來，拿出來一定要有用。」

我的記憶中，不曾有這樣的一段實質的口交行為。

要追究這部分的真相，除了我自身在和記憶拔河外，還為著被認為我既是一個女性主義作家，居然寫出如此「屈辱」的蹲跪下來替一個男人口交，而且迷亂的讚嘆「好大」——一直以來為一些文壇人士詬病。

女性主義作家不寫政治正確，反倒詳加刻劃以愛情為名，但以屈辱的方法，在弱勢／強勢顛覆的布局手段下，去贏得男人再為己所用，這樣弔詭的翻轉是我寫《迷園》的刻意安排，也是往後《北港香爐人人插》裡的權力／性，想要進一步探討的。

絕非一時寫溜了手的結果。

我要追究這真相並非文壇人士的想法如何，這並非我在意，我的確想探究：我是否在他深夜來要分手的其時，真的蹲跪下來替他口交？是因為記憶當然不可靠，會因著時間及其它各式緣由遺漏增添修改。可我會像許多女人一樣，為了要替那樣一段糾結的情愛留下記憶，而將真實發生的寫入小說嗎？

那麼，小說中這一場活色生香的口交，可在我真實的生活中發生過？

現在，對這個部分我已不敢全然否認。

主要來自書中這一句對白：

「這是男人最寶貴的東西。最好的武器，怎麼可以輕易拿出來，拿出來一定要有用。」

絕對有可能真的出自那誇躍的男人口中。我知道，即便再有創造力，我的整個養成方式，還是不可能讓我能憑空創造出這樣的說詞。

是的，這是小說作者的臣服之處。真實、現實果然是創作之母，在有些時刻，不僅遠遠贏過、超越過創作，還讓創作者「譁」出聲：

怎麼可能！

真是不可思議！

真的會這樣?!

讚嘆不已也將之納入自己正在寫的作品。

可那誇躍的男人究竟在何時說出這句話，或者是否完整的全句都出自他的口中，還是小說作者再以添加重組，就不可考了。

記憶無能涵蓋這樣的細節。

就得再來看更多的小說中細節：

「這是男人最寶貴的東西。最好的武器，怎麼可以輕易拿出來，拿出來一定要有用。」

接下來他換轉語氣，專橫的說：

「妳現在還要說我不能給妳打電話嗎？」

一陣驚，朱影紅停下手中的動作，悚然中抬起頭。

……仍跪著的高度使那野草在朱影紅視野內更顯高長，……一院子原陰影幢幢，……加上草叢恣意與發的綠草，更有種摧枯拉朽的氣勢，一滿院子的淒極荒敗。

小說中暗示，這場口交會中止在這裡，沒再繼續。小說接下來鋪排的，林西庚因為有過太多的女人，到這個階段性能力已不會那麼強，也帶到小說最後的結局：

林西庚的無能。

俟風稍去聲略止，林西庚再接續，那片刻間，朱影紅會意到在她身上的男人，竟是不能的。

呼應小說中四百年的怨咒。

那場口交，是否真的發生？我不知道。即便是有，能確定的是並未完成，至於進行到什麼程度，老實說，我也無能回答。

我在和我的記憶玩捉迷藏遊戲，也許人生的意義也在此。

我像一個偵探一樣，來偵查我自己的人生。而我還有小說為本，雖不像私密的日記真實性更高（雖然在日記裡做假的作家大有人在），但至少提供了線索和蛛絲馬跡，不至於只靠「回憶」。）

然那誇躍的男人究竟和我在身體的接觸上，有什麼瓜葛，只有說隨著近四十年過去，記憶中已難追查到「真相」。

2

找得到真相的在下一場小說裡真實發生的性愛場面。

一場充滿創意的「三人行」。

我自己以為是前所未見，至今都還為自己能寫得出這樣的場面十分自傲。

他習慣不穿衣服按摩，也脫去她的浴袍，在耀亮的燈下雖然明知道那按摩女是個瞎子，朱影紅仍覺羞澀不安。他則一面赤精條條的躺著讓那盲女人在他身上四處游走，一面動手撫摸持留身旁的她，溫存而且極盡挑逗。

雖然盡量不發出聲音，那盲女人顯然知曉正發生什麼，仍專心至意於她的工作，真正是視若無睹。林西庚則引領著，由撫摸進而要求朱影紅做出種種動作讓他能看著她，或方便他能躺著而以嘴親吻她的身體。朱影紅先是退縮，然那不能言說只能示意的方式，使原已熟悉的身體間互動關係有了新的可能，而由著猜測對方的心意與索求，更讓彼此發現真正能相知的契合。

我十分自傲寫出這樣的「三人行」。

我不曾和那誇躍的男人有實質的性行為，這點不需要去從記憶中偵查求證。果真因為不曾真正發生，反倒給了創作者在寫這「三人行」天馬行空無盡的創造性空間？

我要探索的是，我和我寫出來的小說之後在記憶中的關聯。

在最近的一次演講中，我稱小說中的盲按摩女是個男人。小說中原男／女／女，一男兩女，被我說成為男／男／女，兩男一女。

對自己寫的小說太有自信，演講前我不曾重讀小說，理所當然的說出按摩的是個男人。還演繹許多三人中的奇情享樂與權力。

直到聽眾糾正，提出小說中寫的盲按摩師是女人。像林西庚這樣的男人，在這樣的場合，如按摩者為男人，不會讓這件事發生。

我同意，這樣等同於讓另外一個男人參與這場性愛前戲，而之於林西庚，當然不可能接受，之於他，一定只能是他要駕馭的一男兩女，絕不可能是與旁人分享的兩男一女。

這才令我反思到，隨著時間過去年歲漸長閱歷增多，我其實本能中想像到的「三人行」，會更是兩男一女，而不是一男兩女。

這其中當然充滿著權力關係，很簡單的解釋是：

兩男一女的更多主控權會在女人，更多的愉悅也為女人享有。就像一男兩女，男人會有更多主控權和愉悅。

我很高興的發現，在經過如此多年後（隨著時間過去年歲漸長閱歷增多），就「性」來說，潛意識裡我一定達到了更大、更多的自主與自由，才會讓我不曾證實的就說出「三人行」是兩男一女。

我其實一直知曉在真實與虛構中的鴻溝。

真實中的真相，必然不完美。

遊地貓

那立法委員這次做一個盛大的進場，因為是強行進入。

如同他過往步上數萬人的演講會場，有著睥睨群雄的架式；但立即又要堆上一副靦腆的笑，他那招牌的笑臉，好使自己不只是一臉英雄氣概，而有部分仍躲藏著一個微略害羞、需要人疼的小男孩。

（他一直知道這招對迷倒女性有多大的作用。現在他們都不時興男人只有陽剛，連那選輸的市長候選人，都要抱著一隻充填玩具狗上網路直播。

所以，不只是女人喜好說自己的心中永遠住著一個小女孩，男人心中也會永遠住著一個小男孩。）

那立法委員為著他的強行進入，堆上一副靦腆的笑，他那招牌的微略害羞笑臉，好使自己不是那樣強勢的無禮。

史拉雅，現在她回到Sieraya，在她面對曾名列世界第一高樓的「台北一〇一」三十六層高樓的住處，看到走進來的立法委員，突來心頭之前與那誇耀的男人在旅途中的事件。

（是因著那立法委員戴著的領結？立法委員一向不繫領帶，用領結。）

豪麗的頂級大飯店套房，還不用到總統套房，即配有二十四小時的管家。因為是外資企業，那受過良好訓練的管家身穿燕尾服，他是飯店裡的管家頭，褐髮藍眼集貌美、人脈豐厚、見多識廣於一身，而且還年輕。走進來時，他的一身裝扮，好似引領進入另個時空。

（他當然就是戴了領結，這在管家整副行頭上必然的配備。如果是用領帶，少了領結，那剪裁如張開燕子尾的大禮服下擺，便會失掉它的大陣仗，被拖垮了，像一隻被領帶拖著走的的燕子。）

這管家來自的大都會酒店，因其國家於全球首創的諸多前衛進步條例，聞名於世。在那裡，娼妓同婚大麻合法，管家可以提供多種服務。

她因而問：

做過多年管家，見過最印象深刻的是什麼？

（當然不只是聯繫Escort、高級妓女。）

那管家頭第一次放鬆他平放雙腳（不蹺二郎腿）的端正坐姿，說：

有一回房客電話要送上去一瓶香檳。

他來到房門口按電鈴，沒人接。

依例可以用鑰匙打開門，一小縫，再敲門。還是沒回應。

接下來，他可以推開門入內，緩慢往前移動。

客廳內無人。

他還可以再往內，手托著香檳來到臥室門口。

（正在進行的性？需要觀賞者才有高潮。屍塊遍處的兇殺？為了要坐牢？毒品？太容易猜測。）

她更在意的是管家能有的權限：他的工作可以讓他無人回應時開門，進入，一步緩慢的，到達，但，接下來最後得如何行事？

1

她會做這樣的聯想是因著那結領結、不打領帶立法委員又再次前來，這回沒了警政署長，而且是直接就來到門口長按電鈴。

（大樓管理員讓他進入大樓內，為他按了安全管制的上樓電梯，除了他已經來過一次，大樓管理員認得他，史拉雅相信，還因著他是立法委員。）

來之前這回他倒是先打了一通電話。

電話裡省去了敘舊，以著內部人士透露小道消息的八卦方式，開門見山的就明說：

「不對外發布的最新事證，那個人，曾和總統出訪哩！」

他們都知道「那個人」，那樣離奇臟器被取走的死亡，如此不祥，也就都不願直呼名姓，彷彿一說出，在頭七之內，仍徘徊陰陽跨界的魂魄，如同被召喚，就會來臨身旁。

「那時候？」她問：「總統任內出訪好幾次。」

「還能去那？就中美洲那幾個小國。」

「噢！」

她故意拉長聲音，然後才著意以恍然大悟的語氣說：

「你本來也想去的那一次。」

「事情忙，事情忙走不開。」他急忙道。

「是啊！路經美國，很多政商名流都想跟，也沒幾個跟上。」

「那個人跟著不知去做啥，聽說還去請在地巫師做了法事，很可能去卡到什麼，一路跟回台灣……。」

Sieraya，史拉雅一時沒接話。

她一直喚那教堂為「百花聖母教堂」，也不稱為教堂，就只是百花聖母。

沒有人能否認這「百花聖母教堂」的獨特性。一開始也不曾多在意。他們是來辦外交，繁忙的行程、時差，多半沒睡足睡好，頗見倦容。更何況，對看過歐洲各式教堂的他們來說，並不特別。那教堂不特別高大、壯觀，也不特別細緻美好。

就是一座改良簡化的西班牙式教堂，兩層樓高的圓拱廊柱，最上方弧線立面，頂端再立有十字架。與澳門的那座知名教堂些許相類似的造型，但遠遠小許多，也不曾有裝飾性的圖像。

比較特別的是它立於龐大市集中心的高地，得爬二十來階石造階梯才能到抵大門。整座教堂被塗上石灰的粉白色，連階梯也不例外。這連階梯整座白色的教堂，在四周五彩繽紛喧鬧市集中，有一種得仰望潔白純淨的美。

那原民市集擠滿的雖是人，真正喧譁的卻是顏色。喜愛各種顏色的在地人，尤其女人，用衣物上的圖像讓各種各式顏色著身。每個人身上不同形式的炫麗大型小型動物植物物件，像是樣樣先勾勒出外觀線條圖形後，再讓孩子填色。一時，各種競相衝突的基本色系，全上到衣物，卻又能如此和平共存的共生共榮，成就最極致的繽紛燦爛。

真正是本生本色本相的大集合。

是啊！如果要說是鳥類，鸚鵡尤其是最愛，那加上長尾巴可長達上公尺的大型大鳥，身上羽毛本來就層層色色堆疊，炫麗致極，更何況女人們是讓多隻鸚鵡棲齊聚上身。

除了五彩上衣，還要繫上各色各樣有花有色的圍裙，全身上下，便會沒有那一個顏色?!

他們先到抵這教堂。

幾人從側門進入教堂，正門依例只有盛大節慶才會開放（待會總統到來時），從陽光炫亮進入那的確十分昏暗的教堂，她立時為前方一長排低矮祭壇上的蠟燭燭光震懾。

沒有彩繪玻璃，光線只有從上方細窄的小窗透入，中央是有簡單燭台式的電燈垂吊，但一如許多第三世界電力昏暗，光照並不明亮，在高大空曠的室內顯得力不從心，不足照亮前方高台的聖母悲容。

也不曾像沿路所見其它教堂，會用一閃一閃五彩川流變化的霓虹燈，設置在神像周圍，紅、黃、橙、綠、藍五顏六色串流裝飾，也為著照亮。

（霓虹燈神光的所在。）

這沒有霓虹燈的聖母與其說是由電燈照明，倒不如說是從前方一長排低矮祭壇上的蠟燭燭光照亮。悲容的聖母是完整傳統的站立形樣，不知是否光照不足、還是年代久遠，膚色略黯，也就不知臉上是否有黑色淚滴。

吸引她注意並立時心中一震會意到的是，那聖母前中央走道，有一長排分隔成幾個長方型的低台，上面有黑白紅藍各色蠟燭，再仔細一看，還有火焚過的灰燼。

樣樣都是原民的祭祀語彙。

是原民的祭壇！

天主教聖母教堂的中央走道，保有著仍在使用的原民的平台祭壇，悲容聖母與「原始」原民祭壇同在?! 那祭壇顯然一直在使用中，果真還在上焚燒新殺的牲體（過往屠殺的可不只現時的雞、羊，更，可以是人），方留下量大的灰塊？

陰暗中四周幢幢的神祕疊影，交雜中央聖母有的典雅慈悲，兩者誰也不能作主誰也無法掌控，便相互推擠混淆進入一種更大的渾沌，說也說不清楚的現象，一個不小心，瞬間就被渦漩入另個不知是什麼的界面，也無從知曉是會被降福或領取詛咒。

不要說她，進入的一行人為這前所未見神祕奇異氛圍，一起佇足。

很快的，那誇耀的男人被翻譯和導遊帶領往正前方入口，靠著開著的側門透進的光亮，一座不知祭拜那個天主教使徒、聖人神像的小神壇旁，立著一個原民女人，口中低聲唸唸有詞，正交頭接耳附在一個男人身旁說著什麼。

很快的輪到那誇耀的男人，接下來的算命經過重重翻譯，事實上一定花了些時間，她卻覺快似閃電瞬時感知內容，好似不用那女命師在黑暗的教堂內，站於神壇略突出的台面邊緣，用不知怎樣的算法去除紅色的豆子，那血滴一樣紅色豆子一滾出來，她就看到了運命。

只有她和他，他們兩個人，那本地導遊與翻譯在他們離去後，與這整件事不會有關聯。只有她和他，隔著女命師、隔著那不知是什麼天主教聖者的祭壇，相互對望，彼此都知曉，就為著此刻此情，她進入了他生命中最不欲人探知的部分，他們彼此之間的關係，不論是好是壞，相互之間，都有一輩子的牽扯糾纏。

（這牽扯可還有前緣後續、關係到更多的人事?!）

總統即將到來，他們從側門走出教堂，那得知算命結果的誇耀的男人，顯然對於不如先前所祈願，積抑著挫折來的怒意，一面對外在強耀的日光，似為消除不安，反射性的對身旁的她宣洩衝口道：

「妳不是說妳有原住民血統，其實給妳算就是了。」

她尚不曾回應，一時愣怔停步。

眼前突來亮光之下，周遭如同閃逝幻影，她伸出手去阻擋，也不知要擋的是強光還是景物，反應的閉上眼睛又立即睜開要看見，啊！怎樣的繁花，豈只似錦，根本就是花海，各式各樣繁花鋪成的即便是苦海，果真也是無邊?!

從高處四下環顧，那教堂前二十來階石造階梯，排滿大把大把鮮花。那切花俱是鮮色大朵明麗花種，新鮮花氣襲來，待賣的成捆成堆鮮花齊聚開放，如此大量參差排列在白色的各階階梯上，豈只是美，真恍若天堂的美好。賣花的女人們各色多彩的衣裝，或坐或站混雜其中，便好似在白石灰階梯上，一階又一階的擺滿鮮花祭品，在做供奉。

她心動神迷魂思飄移不能自禁。

可有那一座神殿、那一尊神佛，得有如許多如此大量的鮮花供養，而且只消市集在，每日每月終年累月從不間斷！

聖母便不必然在殿堂裡，而在百花之中。

尤其當他們順階梯而下，赫然發現最後幾階階梯，立著一個小小的平台，上面積累著大量的灰色黑色灰燼。一個原民女人，以戴紅色頭巾包紮頭部的明顯示別，顯然是一名原民巫女，在做祭祀。

祭祀已到尾聲，小小平台上的火勢已弱，光天化日的白亮陽光下，紅火顯蒼色無足輕重。有一個相當年輕的男人仍立於一旁，應是前來相求之人，在白種與原民混合的各種深淺顏膚色中，他雖是白得潔淨但內裡襯著淺棕，而且有一雙大而明亮的雙眼皮眼眸，淺色瞳孔輝耀著陽光，乍看竟好似眼中無物。

所求要靈驗，會是什麼？

「妳身上真像流有海盜的血統。還有妳那個海盜婆先、先、先、先祖母的遺傳。那天我被你殺了，恐怕自己都還不知道。

「我如果同別的女人跑了，妳會不會像妳那個先、先先祖母，永不認我，讓我死後還不得安寧？」

那創始家族的陳氏是一位有山地人、荷蘭人血統的福建移民後代。長身大眼極為美麗。不是黃種人有的狹長單眼皮，而是山地人或白種人有的深陷、雙眼皮的大眼睛。

「記不記得上回在這裡，我說妳那個海盜先、先、先祖母，好像在看我們似的。」

朱影紅不覺仰頭四望。

突地吹來一陣冷風，兩人都未曾料到一陣風可以在相思樹林有如此驚人聲勢，一時都停下動作，俟風稍去聲略止，林西庚再接續，那片刻間，朱影紅會意到在她身上的男人，竟是不能的。

更迫切的想要立即能再看一眼那園子，再不然，它或已消失不見，一切俱有若不會發生，從不曾存有。

不遠的距離下望，暗夜中一整園子燈火輝煌光燦，好似整個「菡園」正興旺的燃燒著。

她一直喚那教堂為「百花聖母」，也不稱為教堂，就只是百花聖母。

（那在教堂裡平台裡焚燒獻祭的，又會是什麼？所求的，又是什麼？）

2

Sieraya聽到鈴聲，大樓管理聯絡的電話。

她就站在大型洗碗槽旁。

那黑貓們本來環繞在她的身旁，遊走在客廳、連同那座大型的開放空間廚房、吧台，以及擺放一張可供十幾個人入座的圓桌。圓桌靠向曾名列世界第一高樓的「台北一〇一」的角落，緊臨大片落地窗玻璃，外面，就是高樓層的萬丈深淵了。

突然之間，Sieraya將頭轉到左邊，在很快的瞬間，她做了這樣的動作，自己都不知道為什麼。然後她看到一隻黑貓走進她的視野，或者說她的視野裡出現了一隻黑貓從不遠處走來，只有幾步路但還是走了一段很長很長的久遠的時間。

（是她的貓，可是那瞬間並不是她的貓。）

Sieraya突然轉頭去看到那一隻黑貓，連她都不知道為什麼在瞬間她要轉頭，是為了要看到那隻黑貓？或許不是。可除了那走來的黑貓並沒有其它特別的事情要讓她轉頭。至少在她的意識裡，她沒有感覺要去看到那隻黑貓。

不是從知覺範圍來的指令，也就是說沒有任何心智的動作，在來不及思及的當下，她就是轉過頭，瞬息之間完全沒有意識到自己是在做什麼。然後以為轉頭就是為了看到那隻正走過來的黑貓。

清冷的室內，她正站在大型洗碗槽旁。

（不看到那隻黑貓還要看到什麼？）

就在這時候她聽到鈴聲。

大樓管理聯絡的電話。

那黑貓、黑貓們，先前更被吸引的會不會在大型洗碗槽裡待清除洗淨的那一整副內臟?!一整副有些言過其實，臟器的上半部肺臟已移除，不見了，只剩下片斷的呼吸道氣管和食道。心、肝、腎還是一樣不缺、但胃、大小腸已不見。

不見的肺臟被丟入一旁的大型黑色塑膠袋，那垃圾袋因為要放置大量廢棄物質厚完全不透明，Sieraya還有那整副肺臟一進入，重量加上滑手，一溜煙霎時滑下到底部無聲無息就此不見的手感。

胃用掉了，大小腸則是經過破壞清洗，刮下的一攤又一攤的雜灰色濃厚黏液，全都放水沖入洗碗槽排水口。

感覺上毀屍滅跡更是駭人。

那黑貓靠向她。

那黑貓、黑貓們，會不會為了靠向她，得跳上吧台。是必得經過的路徑，或是不小心，當然也可能是蓄意，跳過大型洗碗槽裡待清除洗淨的那一副只剩下呼吸道氣管和食道；心、肝、腎一樣不缺、但胃、大小腸已不見的臟器。

（有一種貓叫遊地貓，牠全身通黑，也可以有四隻白爪，像穿著四隻白短襪。相傳這樣的遊地貓，跳過剛死不久的屍體，那屍身就會復活，坐了起身……。

如果遊地貓跳過的是沒有了內臟的屍身，那死人屍體可同樣會復活，會坐起身？

還是屍身得先尋回被摘除的內臟？

如若只剩下內臟，屍身不見，又會如何？）

那黑貓前來找她。

之前她正在做一個陰道。

用的是那一長條從洗碗槽裡取來的食道。

她以為女人食道通陰道，兩者相似互通，都是看似中空但其實也可以縮收，中間管道都在被塞入、被通過，還不只是一次性的而是終生，可以一再重覆、進出，被使用。

食道到陰道。

從那一副臟器選用食道或氣管來做陰道，她事先其實做了比較也約略遲疑，後來還是決定用食道。因著那氣管在離開軀體一段時間後，明顯的在變硬，尤其在喉部，會有一節一節卡管的感覺。

她以為陰道雖應該是有層層的關卡，但還不至於要卡住。就算是處女膜，也是一戳即破。至於流傳的女人陰道長牙齒，男人的陽具一進入，就被卡嚓的一聲剪斷？陰道裡長一副牙齒？要做這個工序繁多工程浩大。Sieraya 以為就算什麼女性主義宣言，也不需要做到這種地步。

就算她在做的是朱影紅的陰道，也並非這類表徵。

朱影紅，這個來自世家、連帶著關係到一段家族四百多年歷史怨咒與毒誓的女人，終極，仍必需是有一道、一條、一個中空的管道，陰道，上端有的陰蒂，盡處連著子宮卵巢。

子宮卵巢這部分具生殖作用，但除了子宮頸口，它們不具快感的能力。具快感的只有陰道（再加上先前的陰蒂與終端的子宮頸口），那被進入，廝摩衝撞壓擠操擦……享受過多少至深歡愉狂慾極樂，只承載爽樂的陰道從來不曾成為產道，做為新生命的出口。更由此，流出的只是朱影紅最後一次能懷育的胚胎，而至應證了那家族，也是歷史象徵的四百多年的終止。

Sieraya在意的朱影紅陰道裡首要的是：陰道裡應該有排出下來受孕和未曾受孕的卵。（除卻一顆在子宮內形成胚胎，被強制挖走時成一團模糊的血肉碎塊自此排出。）

那麼這要做成的陰道會有兩個開口，從進入的一端後無盡延伸，無須阻止甚至不需要綑綁。

女人一個月一次大致分泌出一顆卵，一輩子總共有三百來顆左右。三百來顆什麼樣子的卵呢？

雞的卵，蛋，再怎樣初生的卵，都太大，連鵪鶉也都超過比例。

最好用的該是魚卵吧！

橙黃鮮色透亮的鮭魚卵，模樣美麗，但一截食道／陰道裡放不進三百顆。

Sieraya於是想到與那誇耀的男人都曾在京都有庭園老屋吃的香魚。

他們並不是一起吃飯，但這個四百年老飯店，卻給了她難以遺忘的記憶，是的，記憶、記得，她記得的是不曾一起吃的一餐飯。

是在那誇耀的男人研議要重拍《殺夫》的一次會面裡，Sieraya，那時她叫史拉雅，聽他說起剛去吃這京都四百年老餐廳回來。

史拉雅，沒什麼在意的接說：

「哦，我也去吃過。」

那老餐廳之於他（她）們，是關於京都必然的朝拜之儀，一定得去的聖地，缺此去京都不算完成完整。

可那誇耀的男人卻極具敵意的問：

「妳真的去吃過？」

十足的她在欺騙他。

史拉雅不解她何需捏造這事，奇怪的問：

「去吃過啊！怎麼啦？」

「那妳說那餐廳最特別的是什麼？」

「菜很好啊！大家都知道。」

「只有他們家有別人沒有的。」他再問。

她的確一時想不起來。

「那妳一定沒去吃過！」

他一口咬定。

她現在知道他在指控的，他以為她為了面子、抬高身價、增加自己的地位……天知道還有多少理由，要假裝去過那那餐廳。

史拉雅笑了起來，感知到什麼是又好氣又好笑。她幾十年來吃遍全世界各式美食，那老餐廳有其經典意義，但實在一時說不上他所謂「最特別」的。

他看她不像假裝，才放她一馬的自己揭曉：

「他們家要坐在榻榻米上，前面擺一個几，料理放在上面吃。沒有桌子椅子。」

史拉雅宛然失笑。這果真是唯一特色？全日本、甚至全世界沒有別的餐廳用這樣老式的、真的只在電影場面看過的宴客方式？

她不想多做辯解。他之於她已然不是三十年前那個男人。只她從來沒有想到的是，他性格中居然如此多疑，而且是毫不相信任何事的全然只有負面揣測。

（她究竟瞭解他多少？）

她回想起那有庭園老屋在几上吃的料理。

昂貴的料理以特殊的食材來取勝。香魚，在可以養殖後，一條又一條肥大的香魚，要多長多肥都不是問題。所以當上來兩條並不顯眼的香魚，雖然知道以牠狹長弱小的樣子一定是野生，而且是特別的品種。

筷子幾乎無須使力，好似只要碰觸就能挑開魚肚，迸出大團豐美的魚卵，滿進滿出的塞滿整個腹腔到那魚中廣細尾全然不成比例。

立時被吸引去嘗的是那顏色柔和淡淡土黃色的魚卵，果真入口細膩全然沒有魚卵嗶嗶嘰嘰粗糙口感，綿密的香甜，不見腥味，但又可以感知鮮味是來自那一層若有若無一定存在的薄膜迸開後。

果真是上品，而後為了有所變化，Sieraya，那時她叫史拉雅，才去挑魚身吃，十分驚奇的發現，那魚身基本上已經幾乎沒有肉。不信邪的往應是最厚的魚背去尋覓，那魚背仍然只是一層烤過的魚皮內淺淺薄薄幾找不出的肉。再次翻找，從魚頭翻倒魚尾，沒錯，俱都是魚皮下淺薄到幾難以挖找的肉。

真是瘦得皮包骨，如果是人或雞牛羊動物，一定會這樣形容。但可見過瘦得皮包骨的魚？不用這樣的形容詞一定因著不常見到這樣的魚吧！

可這魚，真是皮包骨，從外觀看來的大小型樣，裡面充填的，幾無肉，全是魚卵。

可以為了生殖，得如此摧殘自身，果真到蠟炬成灰。

那麼，就在這食道／陰道裡裝填進香魚卵吧！

3

「妳小說裡那個女主角，叫林市的？妳寫那麼多屠夫性的虐待，她難道從來性沒有過快樂嗎？」

他問，然後笑了起來：

「沒有爽過嗎？」

那誇耀的男人不知為什麼突如其來的迸出這樣的話，在那旅館穿燕尾服打領結的管家離去後。

先前管家述說終於進入臥房，敞大的雙人床兩旁，各有一個Dominator，那S／M的女技士。

「穿一身黑皮衣褲，手裡拿著鞭子的那種？」他問。

管家點頭。

她更在意的是管家走進客房那唯一進出的門，他的權限能進入到那密閉的空間多少？

管家可以進入、終面對有人，出聲詢問：

「香檳要怎樣？」

被示意放下來就好。

管家將香檳放在臥室近旁矮几上，以著「目空一切」的優雅，退出。

（當那管家謹守他的職務，不曾透露客人的任何消息，但他說出了「兩個Dominators」，等同於是說出了那個可以被透露（沒那麼嚴重），至少是可以說出的。）

「為什麼要兩個！」

她問，但更好似自己已然回答：

「一個不夠。」

為什麼一個不夠？

可以男人躺在一個Dominator身上，另一個在他身上躺下來，手揮皮鞭，出乎意料，並非鞭打男人，而是皮鞭落在躺他身下的Dominator。

「要他去感受到在下的Dominator被鞭打的身體顫動。」

（啊！這其中還可以有怎樣的可能，方是追索不完的祕密、樂趣的所在！）

再談說下去那誇耀的男人因而問：

「你說身為管家，不能做非法以及有違良知的事。」

管家點頭。

「那麼，如果我要你就坐在你現在坐的位置上，完全什麼都不用做，就只要坐著看著我在你面前打手槍，你會做嗎？」

屏住氣息，他們猜測那管家的回答。

「小說裡那個屠夫的妻子，性交中難道從來沒有過爽樂嗎？」

這問題先前有女性主義者提起過，她當時極為震驚，是啊！在寫作《殺夫》的其時，的確從不曾想到那承受屠夫丈夫性暴力的絕對弱勢年輕女人，會可能有任何的性愉悅。

誇耀的男人也提到同樣的問題，她本來沒什麼訝異，他也許在那裡讀到這論述，為著要在電影裡「有更多表現的層次」，實則是有更多的賣點。史拉雅留意到的是他的遣詞只用到「快樂」、「爽」，而不曾一如他誇耀的個性通常會用到「高潮」這樣的字眼。還是讓她沉吟了一下。

記憶中第一個提出疑問的女性主義學者用的是：

「林市難道從來不曾有過性的愉悅嗎？」

「快樂」、「爽」或「愉悅」，但的確都沒有人在這上面用「高潮」兩個字。

並非S／M，不自主的凌虐中要達到性高潮，可能真的是另一回事。可那林市，難道不曾、從不會有過一絲絲一點點片刻來自身體本能產生出的歡愉嗎？

為著小說中不曾寫到的，史拉雅要對林市有所補足：

至少能將缺憾還給正做的陰道。

那麼，手中正做的便可以不只是朱影紅的陰道，也可以是林市的陰道?!

從最極致的享樂到最極致的悲慘，只在一條陰道：

朱影紅／林市的陰道。

（可當中都會有的愉悅！）

家用電話響起。

Sieraya，保持老派舊有的習慣，仍裝置延用住家電話。在手機通訊軟體盛行，可以不用對話不打擾到對方的傳訊息，這電話已少用，只有少數交往多年的朋友，偶還用來聊天，不外是怕手機電磁波傷害。

Sieraya並不打算去接電話。

沒有什麼是不能等的。這是她活到現今相信的。

但畢竟被打斷。

一不小心戳破了手中正做的一片膜。

處女膜。

不做陰道裡的牙齒、膜、陰道裡的膜，不管叫不叫處女膜，朱影紅／林市的陰道裡都有的膜，倒是決戰的地方。

做膜最容易的是直接就取材自膜，那一副臟器裡那裡有膜呢？心的瓣膜，防止血液逆流，太小了不容易取得。大的橫隔膜，分開且固定了胸腔和腹腔，在豬叫網油，一直是料理上用來包覆的最佳材料……網油上還攀爬著油花，超過「膜」太多。她正在做的膜取自一小段小腸，那副臟器據說下端的大小腸拉直了會有二十呎，她不曾去丈量但也發現使用上不需要節制，因著拉出來的腸一如惡夢的沒完沒了不見終結。

選用小腸因著那陰道裡的膜不需要太大片，同樣得先刮去了小腸外層，用了不太利的鐵湯匙，有了先前刮大腸的經驗，這回知道手握匙柄用湯匙的力道，刮下一攤又一攤的雜灰色濃厚黏液，而且不曾刮破要取的腸膜。

極薄又透明的腸膜黏手不易使用，要先煮熟。

那叫做膜的東西，在料理上廣被運用。著名的天婦羅，最高的表現是只勻勻裹上一層極薄的粉水，下鍋炸，粉水成皮，薄、有點透明但又均勻，包住內裡的食材，使之不會直接觸油熱，能稍慢的緩和的熟。

保有了內在食材原汁原味的美好。

一說食材在薄膜裡隔著熱油，一如有蒸的作用，但較蒸還優異，蒸會因水氣把食物稀釋、稀薄。

那麼，包著薄膜吧！

而膜，陰道裡的膜，不管叫不叫處女膜，是不是也隔絕了什麼？恐怕這回不只是不直接受熱，保護起來，還是叫「處女」的東西，直到被打開。

Sieraya陰陰的笑了起來，那麼，來做膜，而且是用一整層膜，包覆住了整條陰道。

才不致直火烤會乾，易柴；煮會軟；蒸易有水氣。

接下來，要做的是先得破除才能進入的：

史上最強處女膜！

如果不是那突來的刺耳鈴聲，才會一不小心戳破了手上的膜。

接下來，不過瞬間，是什麼使那黑貓神出鬼沒的出現在她眼前，在沒有心智的動作，在來不及思想的當下，她就是轉過頭的看到那隻正走過來的黑貓。

黑貓要跳到她身上，啊！不，不會是這樣，黑貓先不知道遊走向那裡，消失不見。下一瞬的時候，Sieraya發現黑貓已在她身後的椅子上，安然坐入椅子近靠背處。

不驚動牠但伸出手去觸摸身後的黑貓，應是先前看到有一身油光水滑黑毛的那胖貓，肥肥的油。往身後伸過手，沒看到觸手較原以為的肉感，先是肥柔軟嫩的貓身，然後才是掌握裡面細膩滑順的毛，全然沒有扎手的感覺。

黑貓任由她撫摸，接下來用嘴輕輕的咬她的手，只有手指，她略動了一下，可以感覺到貓的嘴、牙齒，但完全沒有要咬下的勁道。

黑貓的牙齒尖而細，只是小，沒有一貫以為的侵略性。那貓尤其好似只為了玩耍翻轉牠的頭部，用不同的牙齒部位輕輕含咬著她的手指。嘴也沒有想像中以為的大，才沒有將她的整個手掌都包含進去。

她知道不是因為手指的味道，她的手觸及各式臟器而殘留來下腥味，那仍完好的心、肝、腎，有種未被打開的堅定的羯羶；處理過淌流出涎的大小腸則帶糞便的惡濁。那些味道長時間的混雜進入沾黏在不只手指、手掌、手腕、手臂……已然沾染入全身。

直覺那黑貓並非為消受此。

好似先用牙齒確定了，它接著出動舌頭來舔，這時候她的手，整個手掌，女人較小而且未曾多做勞動的小骨節柔軟的手掌，那稱作柔若無骨「柔荑」的手掌，便有部分伸入貓的口中。

（居然是個如此大嘴！）

那手被包覆的溫暖潮濕柔軟的感覺，是怎樣美好的撫慰，相較外在的溫度，又是乍然進入，必然稱得上暖熱（原來內裡這樣高溫）。一長道溫暖明顯可感到溫度的潮濕的腔體已將她的手掌包覆，中間或有較粗約一節節的舌頭，略帶卡卡的一路往下。

啊！那神奇從不曾經歷無從取代的觸感又回來，帶來渾身一陣舒坦的顫慄。她閉上眼睛，那是當那整副臟器到來剛進入大型洗碗槽，禁不住好奇將雙手置入其中。帶重量的臟器若有的吸吮力道觸落在手上，不是只有唇齒舌腔能有的小規模觸吮，而是從未有過的大面積活體觸感，且是體腔內的活體黏膜觸感。

手還可以直從管道經過喉部，觸到好似仍在蠕動的胃，進到活著的體腔內部，才該正是與此刻相似的觸感。

是貓舌頭過處微略的沙沙騷擾。

那黑貓如此用心盡情，舌頭快速翻轉在手指縫，那最易藏匿的所在。

（那黑貓知受到什麼？可是要用舌頭來舔舐去那一副臟器的腥味，好消除事證的讓所曾發生的俱不存在，連最終的氣味也不再。）

就在這時候她聽到門鈴聲。

Sieraya，那當時她必得是史拉雅。

那門鈴並不是大樓管理員從樓下管理室按的鈴響，也並非家用室內電話的鈴聲，而是已經上來到三十六樓的自家大門的入口處門鈴。

按的時間還很長。

史拉雅前去開門。

看到那立法委員，以及他不待她回應就整個人從她身旁強行通過塞入的大進場。

雖然只是瞬間，史拉雅仍瞄眼看到那立法委員戴著他招牌的蝴蝶結。

4

這一切來自於「美麗島事件」後一場腥風血雨的大逮捕。

原以為那一場大逮捕，我不曾入獄，沒有造成什麼重大傷害，但許多年後發現，因緣果報裡，必然要有的，一定會在，也許只是換個不同的方式發生。

一定是為著那心中的虧欠，愧疚我不曾在大逮捕過程中應允逃亡的人來藏在我的家中。那時候我已經基本上受到二十四小時的公然監視，我住家馬路的對面，深夜裡仍有吉普車停留，必然會有兩個男人，他們為提神點燃的香菸在暗夜裡是地獄裡不熄的瑩光。

多年後為著那命中必得償還的虧欠，我離開了當時交往多年的男友，與「美麗島事件」關了十年後被放出來的政治犯在一起。

他當年要求來藏匿在我家、而我未曾應允。

（我和這之後也享受權勢的政治犯在一起三年。年紀有了，我方開始想到，當初如藏匿他，一定會被判刑，實質關在牢裡，大概也就三年吧！）

我們每一個人，或都在為參與其間的某些事情，用不同的方式在付出代價。

只是方式不同。

我記得並會一再的回想起，那一年大逮捕之後，我們一群女人們，要去慰問受難者家屬。一個一向做社會工作的女人，建議要帶一點「伴手禮」，當然獲得一致的同意。社工說她家附近有一家臘肉店，看來不錯，而且可以久存。

（那大逮捕因著這臘肉更記憶分明的是冬天。）

沒有全數送完，我們各自拿了一份回家。即便那時我已廣泛的品嘗了許多中華料理，那臘肉仍讓我不知要如何下口。老、硬、酸、死鹹自無須多說，還加有不熟悉香料混雜肉腥味成一種難堪的朽敗氣息，艱辛的辣更是超乎我們對臘肉的接受。

現在，有了對食物更多的知識與能力，也願意去了解，應是來自中國吃辣的地區，才會製造出這樣口味殊異臘肉。

那些被分送出去的臘肉，在那愁雲慘霧的受難者家中，面對即將到來險峻的經濟壓力，一定會要去吃它，可根本無從下口。因著來自關懷與慰問，不會被丟掉，但對絕大部分不吃辣的接受者，就算一再嘗試，仍難以入口，成為尷尬不知如何是好的美意。

只好放置一旁，放到酸且鹹的臘肉都生菇長霉，最終仍只有被棄置。

相較受難者被囚禁的時日，自是短少許多，但終究有一段時間後，一定只有被丟到垃圾筒裡，丟掉。

其中的愛心與感恩都不曾變少，也被記憶。可我何以獨獨如此難忘那口味殊異、一定只有放到生菇長霉的臘肉？

留下來不是、丟掉亦不是，不知如何是好的善意。

只我那心中生菇長霉的臘肉仍在那裡，當年觸動心底最柔軟的患難中的愛心與感恩，就算沒有被冗長的平常日子削磨一點一滴淡去消逝，保留下來也不再是原來的滋味。而連臘肉都會長霉敗壞，得是怎樣的緣由？

我一定在那個時間點，就該預知，一切終歸會成那長霉的臘肉，終究只有被屏棄丟掉。只還知道這一切畢竟曾發生過，徒留在大半被遺忘的記憶中。

所幸所有的一切並非全然白廢，經由努力與抗爭，雖然也經過始自二二八長達四十年的血淚，島嶼終有了令人羨慕的自由民主。相較一些地方，歷經更艱辛的滅族、大規模屠殺革命，改革仍不曾成功，台灣會被國際間說成：

付出較少的代價而取得自由民主。

只那永不間斷的紅綠燈仍一直在那裡，接下來更甚的現實，因為緊臨強權，島嶼內部有了自由民主，但在世界地圖上不見正式稱謂。我們在各國航空外來飛機到達的目的地上，只有地方名字，沒有完整的名字。

我們是一個在國際上沒有名字的自主的國家：台灣。
那被我認為已無意義的荒廢紅綠燈，便一直仍開在那裡。
我只能提醒自己，不要像許多革命、進步人士，年輕時激進但老了只執迷追憶往昔，「晚節不保」。

在一樹燦開的火紅鳳凰花下，她告訴他關於她的遠祖，一個三百年前出沒台灣、中國、日本海域的海盜，他的妻子陳氏和她的毒誓。

「海盜是台灣貿易通商的始祖，那麼，台灣三百年後，靠貿易起家，一點也不偶然。」

「早期的台灣移民，不全是窮人與難民，當中不乏像朱鳳這樣的冒險家，他們企圖在大海阻隔的遠方，尋找一處新的樂園，台灣，便是他們找到的新樂園。」

「台灣不是任何地方的翻版、任何地方的縮影，它就是台灣，一個美麗之島。」

得掉落幾次花朵才會開始驚覺？

都說那花開得太招搖了，才會失落。

直徑接近十公分的大白茶花，最外緣先是張開兩三輪大而薄的花瓣，接下來才是中心一大圈曲皺濃白的花球，千瓣萬瓣千轉百迴的縴繞聚集，不見始端更像個迷宮找不出終點盡處。一如名種的茶花不見花心，花蕚黃芯全不外露，所以也找不到中心。

這樣一大朵白茶花，先前看到時還未全開，再見時已然整朵不見。

花朵從花枝上掉落只有一瞬間，真的只是貶眼的時間，要碰到這樣對的瞬間，看著它掉落，果真得是怎樣的機緣巧遇。更何況都說那落花如有恨墮地也無聲，懷帶巨大鋪天蓋地的恨，不得申訴也無償，掉落還得無聲無息不能引帶注意。

可在這之前，在無聲掉落的一瞬間，總該有些預先的訊息。

那花因而就整朵的不見踪影?!

得掉落幾次花朵才會開始驚覺？

要到了第三朵。

第一朵因為無心以為是自然掉落，第二朵還以為是生長不夠健全，直到第三朵才感覺不對小心要呵護。

並不曾有傾盆大雨甚至沒有下雨，無水來淹覆，天外閃電不曾閃放無火燒灼。只剩由天上來還得飛翔才至的飛鳥。可鋼筋水泥的叢林那來飛鳥，連小小的綠繡眼都不得見，就算來了綠繡眼白頭翁，站著只跟那大白茶花差不多一般高度，無能力摧殘花朵。

是要有能力，而且要能夠及予他物，能伸出來蔓延過來而且要能夠觸及。那麼，只有風了，無形無影。

見不到風，只見到花在動，便說風吹花動，問是風動，還是花動。

得到的回答：

是心動。

可見不到會動它的，真是只有風嗎？還是還有別的！可還有其他的？會有其他的！

那白茶花一直以來被與「地母」相牽連在一起，是不是越過茶花，也有看不見的？

第三部

密室之外

1

這一切，同樣都是災難與死亡，在我的人生中，應是等待著相互召喚到來?!

召喚要來的是，時隔三十多年後，我又回到了那當年閱讀到那殺夫慘案的所在。

美國、西岸、加州的大學城。

只這一回，我並非只是路過探訪，旅途中的那種到抵，一兩個晚上，即會離開。我被邀請來做駐校作家，而且會停留一段時間，這是三十多年許久之後，第一次再回到此。

美國、西岸、加州的大學城。

我一直知道世界何其之大，要重覆到抵，除非是自己蓄意主動安排，否則因著外緣而至於此，並不容易。

因此會不會是一種命定，命定就在今生今世、就在其時就在其地。

（我會讀到「詹周氏殺夫」。）

是不是更有一種機緣，命中注定還要再來此。否則世界何其遼闊，何以必會到此。

當然可以說，剛好恰巧、身不由己、無能選擇只是必須，然何以必須如此而並非必然那樣？

會不會整個情事都是完整的配套措施？有了始因，接下來必有續緣，然後來到了終歸的結果。而因緣果報，更可能始自冥冥之中的前世前因，一切果真是命中注定、必然如此！

被邀請來做駐校作家，我參與一些活動，因而到了一個工坊，來自緊鄰著我們仍被迫害國家的藝術家，見識到他正進行的創作，我稱作的「叉燒烤人頭」。

那藝術家用玻璃材料已做好一顆真人尺寸的人頭，正在做細部的修改。

他將帶頸的人頭以頭頂處叉在兩至三公尺長鐵桿一端，聯結處在人頭中心的百會穴處，如此人頭等於平躺放的姿態，與長鐵桿較易平衡結合，而且是緊密接合黏成一體。

一助手穿戴防護器物，手執長鐵桿一端，將牢固黏在長鐵桿另端的人頭送進燃燒維持攝氏一五〇〇度的爐內。

二十秒左右後移出，助手仍手執長鐵桿，穩定站好，人頭在另一端。

人頭顯然外部微軟，這時藝術家快速以工具做細部修飾：將一張不整齊的臉面，調整嘴角張開高度、眼球視線、眉毛高低……。

一分鐘左右人頭外部變硬，不再能修飾。

手執長鐵桿助手立時又將人頭送入爐內。

如此反覆。

還有另一名助手，手執高溫噴火器，視情況朝人頭與長鐵桿接合處噴火數秒，以維持溫度。否則溫度一降低，接合處硬化，不堪人頭重量承載，會由此斷裂。

人頭落地。

還得經過許多次整飾，才剪斷長鐵桿與人頭接合處，精工磨去接合處多餘的材質。

我短暫的拜訪無從細窺，直到我的駐校作家任期臨結束，我又拜訪那藝術家，看到了完成的作品。

而我開始驚覺，這一切，應是早在發生。

我生在一九四七年那場腥風血雨的「二二八事件」之後五年，並非事件直接受害者，我們親近的家屬與事件相關大概只有我父親，曾因有些議論被帶到警察局談話。所幸其時鹿港只是位處較偏遠地區的小鎮，並非重大的抗爭場域，父親的議論才能不了了之。

父親是「漢民族」的追求者，這自然與身處長達五十年的日本統治有關。白手起家窮苦出身的父親只能進「漢學仔」與清末最後的秀才識字讀書，不能像他同期有身家的子弟到殖民母國日本留學。他的社會階級無從讓他在日治時期晉身成為「國語家庭」，從小來自學養的漢民族思想，讓他言談間一再的對我們子女說：

「咱漢民族……。」

雖然有「囝仔人有耳無嘴」的家訓，父親仍與子女談論時事（否則也沒有其他能讓他抒發的管道）。窮苦出身的父親一直是社會主義，或者可以說是共產主義的信仰者，他堅信共產黨才讓中國廣大的貧苦大眾翻身、能夠溫飽；對「三十六省跑到只剩一省」，只有來台壓制台灣人民的腐敗國民黨，多所批評。

晚年中風臥床，父親沒有能力經歷一九八七解嚴後兩岸相互可以往來後，初抵其時中國大陸的極致的貧窮衝擊。我自己其實慶幸，父親無須面對他一直信仰的共產主義理想的幻滅。

我是家中最小的孩子，生長在二戰後台灣社會逐漸恢復秩序、白手起家的父親已能提供相對十分優沃的環境中。

我不曾成為一個共產主義的信仰者，但我的父親一定培育了我們子女對公義的追尋、弱勢的關懷。我們家中沒有任何一個人加入掌控軍公教資源的國民黨，這在連拒絕入黨都並不容易的其時，的確需要勇氣，如果說勇氣太沉重，至少需要堅持。

從我很年輕的時候，我就與異議分子們在一起。

我以為，這一定也與我父親送我出國讀書有關。父親因為年幼不曾如願上學，送我們六個子女出國讀書，我來到的是美國的西岸。

一九七七年，那一年我剛拿到戲劇碩士學位，在洛杉磯住了下來。白先勇住在聖塔芭芭拉離洛杉磯只有兩個小時的車程，我和朋友們到他家裡去大吃一頓，他也偶爾來洛杉磯看我們。

那真是一段快樂的日子，無須立即工作，暫時做個專業作家。南加州的天那般蔚藍，我們坐在白先勇家院子的榆樹下看風吹過一樹白亮亮的榆錢，一邊聽著唱片中白光漫不經心的唱她永恆不變的歌。感覺到時空巧妙的混合，霎時間都了無定位，古今中外的齊匯聚了起來。

也就在白先勇家我看到了一本於我的生活環境背景可說完全無關、也不可能有機會涉及的書：《春申舊聞》。

當中的一則發生在上海的殺夫慘案「詹周氏殺夫」引起了我極大的注意。我以「婦人殺夫」為題，著手想以此故事寫小說，但我對當年的上海一無所知，難以持續這個故事。

隨著回台灣，仍不知如何著筆，直到發生在一九七九年的「美麗島事件」。事件之後，我「做政治」的好友被抓被關。改革無望，朋友們少去，我興起回來認真寫小說。我不曾被捕入獄，但有相當長一段時間被限制出境，這不能掙脫的困境，還不敢對外言說，因著深知只會造成更大的災難，許多年後我發現是更深的傷害。隱匿與躲藏，不能直言明說，的確在我的創作和人生中造成關鍵性的影響。

孤立中且全然沒有那上海慘案的參照資料，我用了大量的鹿港（鹿城）風土民情，建構了性的凌虐與食物的主軸，想表現在經濟無能獨立自主的女性，在傳統社會女人對同性的窺視傾軋，可以有的最悲慘的際遇。

寫完成「婦人殺夫」，我基本上已不覺得與那上海慘案有太多關聯。

只同樣都是災難與死亡，那血淋淋殺夫分屍慘案，與血腥的「美麗島事件」鎮壓與大逮捕，相隔的時間並不長。更因著來自於記憶的、不曾親臨的二二八事件，成為「不能說」的寃魂怨靈進入到我往後半個世紀的整個人生，影響到我的創作、形成我的基調。

如此相互牽引著我寫成了小說「婦人殺夫」。

而且內容大量的性描寫，我知道一定不見容於當時戒嚴時期極為保守的台灣社會。果真出版後，更引來無盡的紛爭。

這一切，或許真的等待著相互召喚到來?!

2

被邀請來做駐校作家，我的工作之一，是演講。既是一個作家，我必得要談到我的寫作。

為著某種我自己都無從言說的理由，基本上是莫名的恐懼，我不曾主動提到在此閱讀到寫成小說的殺夫慘案，害怕的是重新牽繫回來那紛紛擾擾未知的某些東西，而其中必然寃孽深重，才會如此糾纏，怕是今生來世，都還無能理清。

可是我知道我一定會被問及。

（被詢問再加以回答解說，是否可以自己安慰：

事情非因我而起？

而能較少承擔！）

我知道，我一定是涉入了一項本可以不介入，但因為好奇或為著果報因緣，我一腳踩空的進入了那個糾結謎團。我以為我提供了某種真相，卻可能只是讓自己在其間愈陷愈深，方會有此番的重新回來。

這一切都是緣由?!

據說，我從小就是一個神神鬼鬼的孩子。

不過我並沒有能力看到跟在有些人身後累世的寃親債主，不到能看到虛空中，那來自另界必得離地三尺飄浮無所依歸的「阿飄」，也不會分辨出不同的人身後不同顏色的光譜——紅橙藍綠黃靛紫……。

我知道，如果我願意，我能開啟這個部分。可我並不想如此做，是因著恐懼，還是尚待因緣俱足方可？

我只是常常睜著眼睛，並非咕嚕咕嚕的轉動，只是睜著眼睛。

為了看？為了保持警戒？還是為了什麼？

許多年後，我終於會意，除了睡覺之外，我基本上少閉上眼睛。我不是那種會閉上眼睛休息的人，只要有意識，我的眼睛一定是睜開的。雖則我的眼睛小，小眼睛會被注意到明顯的常常睜開著，大概真的就是常常睜開眼睛。

我從小被稱作神神鬼鬼，還應該與我的故鄉鹿港有關。

我被孕育置身在鬼魂盤踞環繞的所在。

十七世紀末以降，曾是島嶼第二大商港，外貿賴以致富，擁有大批戎克船的「船頭行」一夕之間遇海上強風，足以傾家蕩產。漂流於黯黑的海上的魂魄，呼應著繁華「不見天」市街上愛恨情仇的冤魂，幾百年來持留不去的徘徊。

小時候經常神明「夜訪」神鬼齊聚黑白無常帶頭出巡，要驅走髒穢；將浸在血池中不得超生的女人牽引出的「牽藏」。深夜裡「送肉粽」驅走吊死鬼的雜沓慌亂奔跑腳步與呼喊聲，是鹿港的印記，這是一個有神靈所在的地方。

我們信仰，因而祂們常在。

我從小就接到這樣的擾動。

我對故鄉鹿港（小說中的鹿城），有一句名言：

每一條街道的轉角處，都盤踞著一隻鬼魂。

我習以為常，直到離開鹿港（一直不曾離開的「鹿城」），逐步的在發現自己有的奇特體悟，尤其在一些分明的場合。

比如說，在演講的時候，提到我有些小說。

（必然是不能平反的冤情，大時代集體的大屠殺，慘死的個別冤魂、……不敢詳述死者死法，要不然「它」就會跟隨著來到寫作、演講的現場，像被招引來一樣；而讀者在閱讀、聽講的此時當下，「它」，也隨著會出現。）

祕密，我們，作者和讀者皆需謹守的祕密。

（既是祕密，我們本不該要求找尋真相。）

所以我們都知道我們在說的是那個人、如何的死亡方式，但我們緊閉住嘴巴不曾出聲，尤其不能寫／說出關鍵的人名、方式、過程。

可演講時被問到這方面，我會回答。我說，有些人不自然的死亡，恐怕是被帶走的一種徵兆。因著對死亡的糾結不能忘懷，不斷的用各種方式企圖要和冥界溝通，和親人相熟人士對話，兩者之間，已有了深度的關聯建立了互通的管道，來去之間並非難事。

我說：恐怕是被帶走的。

而一當開始回答這類問題（儘管並非我自己意願要提出來），我就感到在偌大的空間裡一種無邊的荒蕪。

早些年演講仍是被眾人期許的一項活動，因著沒有網路、臉書，人們仍在演講會場結識，尤其是創作作家（並非股票、珠寶）的講演，代表著追尋心靈的成長、探索人生的意義……。

作家的演講會場有著社群的功能，而且是一項有益的高格調活動。聚集五、六百人，多的時候七、八百，上千人都是常態。

我以為有這麼多「人」集結的場合，我會處在一種被「人氣」保護的狀態，外來不致來侵。

可是我還是感覺到偌大的空間裡一種無邊的荒蕪。是看作白晃晃的日光燈仔細察覺會感到的閃爍，白光從此欲振乏力，愈來愈貧瘠，當白色失去了光做為襯底，就會開始轉灰，而灰，並不是黑，這白／黑之間的交界，灰，也是白色無光的荒蕪的肇始。某些東西開始浮現，還不到眼目所見，但四周不同頻率的騷動，來了。

自體周遭溫度降低。

冷。

陰冷。

如果只是冷，冷可以冷得乾淨清爽而直接，就是可偵測得出的低溫，而且是全身整體來襲。但陰冷，俗話說的好，那冷陰森則是一種不懷好意的毛骨悚然，只在不同的部位體現，有時是後腦杓、手臂的背部、腳、甚且迎面逼來……但較少會是來到整個軀體、體腔……。

（陰冷到這個部位，連跳動的心、消化中的胃、蠕動的腸都被據，大概就到了「附身」。我還不到那個地步。）

很多次之後我方體會到，即便是五、六百人、上千人的大講廳，眾多的人集聚的是在觀眾席，而我所在的講演的地方，只有我一個人。

我並非被人周圍、人氣保護。

而我是那個訴說者、散播者，我說，說出了不該說、不該被聽聞，不該被散播——即便散播出去撒向看似空無的空間，怎知道有什麼在裡面？！前來領取的是什麼，又得罪了什麼，觸犯了誰！

3

做為駐校作家，又來到寫作《殺夫》的啟始點，我必然的會被問到那起從書中閱讀來的真實殺夫慘案。

我回答，而且，做為作家愛追究始末真相，不可避免的提到各種細節，知曉愈不曾在書寫中明寫的，愈會是聽眾的最愛，我攀附援引，說出超過我必得要回答的。

那個從台灣來美參訪，路過的出版商，便完整的聽完我做的一場演講。

演講完後，大學城沒有好的中餐館，我們去了一家以美食稱道的義大利餐廳。那從台灣來的出版商自稱有個「台灣胃」，不喜西餐，只點了一盤義大利麵，而且是spaghetti，長麵條裹滿紅稠番茄醬汁。

（條條糾結的麵條一如群蛇窩聚，纏繞一起之處隆起成堆，經過叉子挑動，入嘴後剩下的部分，在盤子狹窄的空間裡，要向上或向下尋求出路，奔騰、四竄的麵條萬頭鑽動。）

不喜西餐的出版商，匆匆吃著條條長麵條，明顯的只為填飽肚子，一面急切的告訴我：

「妳都站在女人的立場講話，一副要替女人伸冤的樣子，當時有像妳一樣的女作家，也申援殺夫慘案的詹周氏。雙方辯論許久，真的是一則轟動上海的大案子」。

「真的？我都不知道。」

我說，知道會是真的。出版商文青出身，兩岸互通後，經常前往對岸，除了出版生意往來，更為著對自己喜愛的上海作家做研究，手中據說有許多珍貴的口述資料。

然上海女作家這部分，顯然不是他想談，很快的接著說：

「據說當時法官正考慮應該如何判決，沙發旁有一隻老鼠呆呆站著，趕都趕不走，也不怕人。妳有沒有讀到這則報導？」

我趕快搖搖頭。

「後來那個法官決定要判詹周氏死刑，才轉念間，老鼠便點頭好像在叩謝，隨即不見踪影。」

出版商停下來趕快吞下口中的麵條，差點噎著，仍趕著說：

「大家疑心就是屠夫來顯靈。」

本來就是下著雨微寒的夜晚，以美食稱道的正式義大利餐廳，慣常的調整適合男士穿西裝出席的溫度，對遠從亞熱帶地區來的我們，本就覺偏涼，身上都穿著外套。那片刻裡，我以為又會有一陣攪擾騷動的的荒蕪冷意，沒料到什麼都感覺不到。

我正等待著外在或會有的變化，這樣滿座人聲鼎沸因著熱食和酒逐漸和暖的餐廳，那陰冷這回會從何處來襲？出版商見我不語，一定以為我不同意不願回應。語氣轉激昂的說：

「海峽兩岸通了，很多資料都讀得到了。那詹周氏一點都不像妳寫的只是被虐，她根本就有奸夫，還好幾個！」

在座的每個人都譁然出聲。

「一開始是丈夫的賭友小寧波何寶玉，詹周氏氣他讓丈夫身陷賭博。」出版商說：「另外還有個奸夫是鄰居銅匠賀大麻皮，她向他借錢，還不起用自身肉體相償。賀大麻皮曾以三萬元左右代價，與詹周氏發生過十幾次關係。」

「所以還是潘金蓮，因為奸夫才謀殺丈夫。」在座一位來大學做研究的學者說。

出版商連連搖手：

「雖然當時沒有科學鑑定，但殺夫時間地點明確，深夜眾人熟睡，小寧波何寶玉、賀大麻皮都有不在場證明。無法羅織他們入罪。」

「那麼會不會還有人所不知的奸夫，協助殺人？不管是心理上的鼓動，或實際參與？」研究學者問。

「這我就不知道了。」

出版商說，然後回過頭來，正面對著坐在身旁的我，謹慎小心不知為何含帶怒意的問：

「妳確定來要求伸冤的是詹周氏？那個殺人的婦人。」

出版商加重語意再問：

「前來要求伸冤的，妳確定不是別人？」

自重回這大學城，我一直做各式奇特的夢。醒來後多半只剩片段夢境，不去多想也就淡去。

既是做夢，夢通常可以奇特，但那夜裡我意知有些超乎常態的情事出現，就懂得它已然不只是夢境，而是有事要述說。我夢境中開始出現死去的親人，還不只一個（對此我不願也無能詳加述說，怕又去揭開露出更多不該被說出、被知曉的……這本來就是不可說的祕密。）

這些死去的親人，似乎在帶來訊息，彼此間某種牽連某些相關之處。

接著夢中清楚出現一個年輕的白種男子，個子不高偏瘦弱，二十多歲不到三十，說年輕因為不見老態，但不知怎的似乎一直存在於那個年歲那種狀態中，不再能往前。

那白種男子褐眼，髮色也不明亮，顯然是藍領，不是那種年輕人生勝利組，粗糙的沉鬱不見神采。他的臉面之於我如此清楚，甚至在夢中，仍是那種刑事偵辦中要目擊者畫下犯人圖像，目擊者可以明白一一說出的形樣。

（在此我當然掩去形容他真正的相貌，不願細說。）

就是一個中等身材、偏瘦、神色不開朗的藍領白種男子。

迷夢中我立時感受到一個涵蓋問號但應該是在做的提示：

那白種男子是那被殺的屠夫。

醒來後來到心中立時的意念是：被殺慘死的屠夫，可以繞過大半個地球，轉來投胎成在美國、西岸、加州、這大學城，從一個黃種人轉世投胎成一個白種男子？雖然算算時間，那屠夫死亡到七〇年代末，投胎時間上是可能的。

但有這樣投胎轉世的方式嗎？

我立刻告訴自已，當然可能，那些研究轉世的人，不一直告訴我們，我們上一世是阿拉伯的商人，西方小國的公主、印度大公的戰士、幕府將軍的舞伎……。

就算不相信這些靈媒異士，當被問到轉世問題，連那至高的達賴喇嘛尊者都明確的回答：

轉世靈童，也有可能出現在西方世界。

那被殺的屠夫，便可能會死後投胎轉世成為一個白種人，與這加州小鎮或者鄰近地區相關?!

才會因緣際會裡，讓我在此讀到這則殺夫慘案?!

場域在人的一生中，我一直相信扮演著一定的關聯。寫完「婦人殺夫」，接下來的那年夏天我用了一個月在埃及希臘和歐洲旅行。八〇年代初期，那是個沒有網路，打國際電話也不是那麼方便的時代。直到我回來，書桌上躺著一封信，我拆開，發現是報社來信告知我得到了首獎。

所以我在台灣得獎的時間點，是落於我正在古老的埃及希臘的某一個地方。如要去細究，可以找到確切的地點，只當時不覺得有此需要。

因著時差，平行卻又不平行的時間，對等又不對等的時間點，兩個不同的地方，台灣之於歐洲的某地，如果有一種折疊時空的可能，會不會根本上就是同時同地？

要直到多年後，已然是有網路、手機，獲知自己得到一個榮譽的獎項，我正身處中南半島，與雨林相關的地方。那濕鬱萬物攀雜糾結纏綿不清的雨林，不知為何一直是我神往的所在，並以為一定有一個前世出生在此。

便會是相關的所在，我獲知某些訊息。

（是隨著時差，或要更早，可不可能，也會更晚？）

我們與時間空間的關聯，必然的在流動之中，應較我們以為的複雜奧妙許多。不需要經由科技、科幻小說，在生命的經驗裡已然呈現。而所有能跨越的飛行、能接聯的虛擬網路，給了我們進一步的認知。

會是由著被殺的屠夫，可能的轉世，我方在此讀到這則殺夫慘案？然不論緣由為何，卻好似不曾依照箇中的安排，去替他做控訴或陳述冤情。反而只成一個助緣，讓我依自己所願所想，開創出屬於我個人自己的創作。

是因著地域的流動遷移，我不多久後即離開這小城，離開美國回轉台灣長住，而其時因政治緣由海峽兩岸分隔四十年，根本上不可能去到上海，也就無從像這一次重回，得到這慘案的更多資料、人云亦云的各種可能。

可也因此，我不至陷入真實事件在創作上絆手絆腳的陷井。

我很高興我只取了這樁殺夫案中一個被虐婦人殺了大夫的這樣簡單事因，不曾糾纏到實際現狀中各式細節。更根本上將小說帶離發生的現場上海，回到自己的故鄉虛構出來的「鹿城」。依自己的創作將一切推到最根本的原型，而至有了「我自己的」小說。

居然要慶幸，巨大非個人能有作為的時代因素，中國的內戰，那一場翻天覆地的大變遷，敗戰的國民黨遷來台灣，隔著斷絕的海峽四十年，多少流離失守家破人亡的慘劇。而海峽兩岸戰爭後，無論如何不能涉入的中國、上海，之於我，方造就了無盡的想像空間，讓我在創作上有所開展。

不曾到抵，反而與「地方」有的另類可能，可是大時代裡多少的血淚。可究竟是何因緣，又讓我接續起這樣的另類「敘說」故事。

又是出自怎樣的因緣，這當中是不是也產生了某種差異？

而在這整場事件中，做為書寫者的我，在我自己的家國之中，又有著怎樣的際遇？

時值八〇年代初期，正整肅完新近一波全島全面的「美麗島事件」（被認為自四七年「二二八事件」後最大規模的抗議）。戒嚴重新達到了另個高度，文字上的肅殺與征伐自不在話下：

禁聲。

《殺夫》的出版，小說裡殺掉被傳統文化定位為「夫與天齊」的丈夫，本就被認為大逆不道，其中當時少見的性描寫，被認為「腐化人心、敗壞社會道德」。還無限上綱成是要以此干犯傳統、敗壞倫常，與海峽對岸的「紅色偽政權」中華人民共和國唱和，以便有利於「共匪」前來統治台灣。

不堪性虐待與飢餓的妻子殺了丈夫的小說，至此可以與政治相關聯，涉及國家的興亡。而我被扣上這項「紅帽子」的下場，本來足以是一場牢獄之災。「白色恐怖」時期因「通匪」匪諜案被殺被關大有人在。

可當中卻自有著另一番權力角力。《殺夫》拿到親統治者政權的重要媒體的副刊徵文比賽首獎，我因此不只是一個人微言輕的「作家」，背後等同於有了一座強大的靠山——雖然被靠的媒體並不見得認同，但相互關係下也閃躲不了。

我也因此獲罪，得到的是罵名，四十年前時值盛年的作者，面對的是社會的傳統迂腐、教條陳規。突破禁忌的代價是我任教的大學稱我的小說誨淫誨盜，不能為人師表，要逼我辭去教職。讀者寄來女性內褲，寫文章謾罵的人辱及我的先祖，更甚的是我得面對：妳寫性，一定人盡可夫有無數性經驗才能下筆……。

「也給我睡一下?!」

可四十年後，書寫「天鵝之歌」的作者，回頭看《殺夫》的得獎，是不是看到了其中另外的關聯?!

我想起一則鄉里間聽來的說法：

每回「愛國獎卷」開獎，眾天神不論神階、甚至土地公、陰廟神主，齊聚一起商討，有時候到彼此吵叫不休，最後才「喬」出這回獎要落在誰家。得中「愛國獎卷」的人，是經過神／陰界一番激烈爭執，才得以被選中。不會只因他們拜對了某個神尊／陰廟，就能得獎。

而與得獎人自身，其中究竟是何因緣，恐更值得追究。

我的駐校作家任期臨結束，想到此行有未竟之處，我方又拜訪了那用通透光明、無塵靜謐的琉璃材質做成人頭的藝術家。

看到了完成的作品。

晶瑩剔透光采奪目晚近經常用來做佛像的琉璃，以其絕對的透明度，全覽無疑的呈現一比一的一顆從頸部以上的人頭。

自人頭頂部，便精工詳加雕飾出所有細處，頭頂清楚可辨盤整一如佛陀的眾多螺旋紋路，細紋循序彎綣每個都條理有序安然和詳。

（以為是佛首。）

到下部臉面，一大團碎紙機銷毀機密的長條報紙雜誌，仍要吐不吐的大半在舌頭上垂掛，有幾條甚且下滑溜到脖頸內部。加上了實質有顏色的這些印刷品，人頭一張極致驚恐痛苦的臉，眼睛爆吐鼻孔擠壓朝天嘴巴大開至下顎骨幾近掉下，方整個顯現出來。

原用來展現通透光明、無塵靜謐的瑠璃材質，以其透明，作用像X光，清楚可透見那藝術家用不同顏色的材質，於人頭下半部臉面內裡，做出吞下的已切碎的長條報紙，卡在喉頭與接下的頸部食道，條條糾結一如群蛇窩聚，纏繞一起之處隆起成堆，在如此狹窄的空間裡，要向上或向下尋求出路，奔騰、四竄的萬頭鑽動。

那人頭應是倒抽一口冷氣的正在往回吞，可是要禁聲？因此噎住了自己。驚見又害怕著什麼，人頭往回吞才噎住，一如吞下一大窩活蛇?!

（還不只是蛇髮女妖蛇群只於頭上揮舞。）

回吞／蛇群

蛇群／禁聲

卡在喉頭與接下的頸部食道的回吞與禁聲，會不會不只存在現世中？事實上恐怕一直都在，在已然過去或未知，不管在那個界面，一直在用不同的方式尋找出路與發聲。

直到被聽到。

或甚且發不出聲音仍不被聽聞？

因而是否仍有必然的果報，三十年後的重返這大學城，不管來自何方的「託附」，那想要傳達的訊息，方才真正有機會成為可能？
可究竟是誰來託附？想託附的又是什麼？

真相大白

之一
發財車

Sieraya在位於那首善之區新興都心的華廈，三十六層高樓住家等待，斜斜的對面，即是曾名列世界第一高樓的「台北一〇一」。

一如約定，來自島嶼東北部粗壯腆出個小肚子的中年養殖戶男人與工人，開來一部發財車，這一向用來裝載屠宰好整隻豬仔的發財車，處處滿是積累泛黑的血漬，清除不掉的還有窒鼻的腥臭味。

那並不是腐敗，腐敗了至少接下來終會一了百了，氣味會過去。這腥臭是最飽滿濃烈仍在進行的連結，撲上臉面咬入牢固的攀附，黏著後永遠不會要消逝，連淡化都還不肯。

華廈管理員自不肯讓這樣的一部車進入大廈轄區，連地下室也不讓進，非得要Sieraya，他們稱呼的史女士親自下來，才勉強讓車子靠近送貨的貨梯。

下來的是兩個一高一矮的工人。

史夫人親自帶領他們進入貨梯。工人們對從大片落地窗外即可近距離看見的「台北一〇一」嘖嘖稱奇，尤其是一個胖腫高身的年輕男子，痴痴指著貨梯外那視線只剩一角截去頭去尾的一〇一大樓，伸出手指著叫嚷：

「無敵鐵金鋼。」

「我還鋼鐵人呢！」

另個中年瘦小工人回說。

他們先上來察看，中年工人支使年輕男子推搬運，自己站著四下環顧。這樣的組合在搬運工常見，年輕男子明顯的淺棕色膚色，與對Sieraya來說可用「一對像牛眼的雙眼皮凸大眼睛」來形容，他應是原住民，才容易令人想到不公平與剝削。

然這年輕原住民儘管輪廓較深高鼻大眼，卻更似有著一張像是空白的臉。只有說出無敵鐵金鋼時，像空白的臉可看出眼睛的閃光。Sieraya想到鋼鐵機器人被啟動時，通常也是雙眼先通電一閃，表示上身了。

讓Sieraya感到奇特的是，這些雖說是外套鋼鐵即能在天上飛來轉去的人物，仍明顯有先後之別。日式的「無敵鐵金鋼」流行在上世紀八〇年代，美規的「鋼鐵人」要到新世紀才出現，兩者相差三十年，要說是童年印記，年輕男子應是記得鋼鐵人，中年男人方是無敵鐵金鋼，可兩人竟有這樣的錯置！尤其那年輕原住民男子，如以他的年紀推算，豈不是一生下來即帶著無敵鐵金鋼的記憶。

兩人站著打量，談論窗外看到的一〇一是第幾樓到第幾樓。原住民男子先不曾回答，雙手做了一個滑翔的動作，好似老鷹盤旋完一圈，凸大如牛眼的眼睛定定，好似電力暫止，回復空白的臉，但平常明白的說：

「四十一樓到六十二樓。」

「我還一百樓呢！」

中年瘦小工人以這樣的語意說，不似反對反倒像是不甘心的承認與同意。

兩人放置好搬運的，直到要走時中年男人才好似記起來，帶著奇怪的神情連連瞄眼大型洗碗槽裡那整副豬隻內臟。年輕男子眼中好似全不見，始終盯著那一〇一不放，嘴裡哼著：

「飛啊！飛啊！」

Sieraya沒聽清楚接下來是什麼，心中想到：

「不會是小飛俠吧！」

飛啊！飛啊！果真是小飛俠！

一直飛啊！飛啊！離去的年輕男子，最後一瞬間，Sieraya不知怎的閃現那「百花聖母教堂」。

台階前，在祭台前焚燒祭品向巫女求取的原民男子，那淺顏膚色白得潔淨的男人，也有這樣一雙大而明亮的雙眼皮眼眸，淺色瞳孔輝耀著陽光，乍看竟好似眼中無物。

那祭祀已到尾聲，小小平台上的火勢已弱，光天化日的白亮陽光下，紅火顯蒼色無足輕重的祭台。

（交替相尋的，是否已達成？所求的究竟為何，是否也已然如願。）

不知怎的，她深切的希望，在洗碗槽裡的不是那隻前來索取花生糖的大黑豬，豬頭裡的長舌不曾席捲去誘引的長條花生糖，溫暖潮濕柔軟的嘴不曾包覆住她的手。

為了這副臟器，她可說煞費苦心。因著不斷從中國傳來的疫疾，整個屠宰朝向電動化，市場上不僅溫體豬牛羊早不見，連雞鴨禽類也不准活體宰殺。

她可說用了所有的人際關係，才在這東北部山區找到台灣豬。

Sieraya 要找尋的島嶼台灣豬，時間點落在近百年前，也就是在上個世紀初期出沒島嶼四處的黑毛豬。

黑毛豬不曾像島嶼的一些生物絕跡，能倖存下來，有部分原因是牠吃廚餘與番薯葉。小養豬戶在養殖飼料養換肉率高的新種白豬豬舍旁，仍會放養一兩頭黑毛豬，吃家中的餿水。

啊！那叫餿水每個家裡都有的廚餘廢棄物，保留下來了珍貴的島嶼黑毛豬。

現在她要找的就是這種童小時吃餿水的黑毛豬，在整個日治時代，在她特定要找尋的二十世紀初期，都養殖的黑豬。

這黑豬有張皺褶多且深的臉，一管突出的長豬鼻便像常在賭氣般，但有兩隻蓋下來較大長的豬耳朵，自是可愛。背膘厚，肚子成弧度下垂，整頭豬中心可劃出個圓型，母豬肚尤其拖著一長排乳頭，底端幾乎著地成一道圓月般的弧線，走起來尤其重重的搖晃，肥軟豐腴，自在且適意。

她從東北部一家養豬小農覓得這隻黑毛豬，至於是不是她曾見過的某一隻，就不可確定了。

為了這豬，她特地到養殖的所在，島嶼東北部平常的小小山坡地、隱藏在樹叢中的豬農家。

並非放山豬，放養在大片的土地上，豬被集中在不同的檻欄。冬天的北台灣東部，由於海洋的調解，溫度仍宜人，豬隻們無須特別冷熱溫控，自然生活在小山中打理得十分乾淨的的豬舍，圈養的欄內水流不斷沖走排洩物，幾無異味。

鄰近的梅花正在盛開，雖非觀賞梅花而是用來採收梅子，枝幹被修剪得較低矮，株株老梅仍錯落有致，有一株就在豬舍旁，白梅雅致的花小但一樹繁花，風吹過已然有了最初的飄零。

花瓣們是否飄向豬隻們，一同見證生命，梅花的幾個星期或豬隻的一年，在這一片大自然裡，都屬很快的即將過去。只不過這豬隻全然不是過往髒臭的印象，還能毛色黑亮與白梅花同樣瑰麗到令人讚嘆。

瑰麗還來自圈養的黑毛豬，不只吃精心調配的飼料，養殖戶是個粗壯腆出個小肚子的中年男人，「我愛其豬」，放在豬欄旁的是一大袋松露口味的巧克力與花生糖。

「牠們很愛吃零食。」

男人說。抓起大把的巧克力與花生糖走向豬群，豬隻們全然不怕湧向他，於他伸出的手掌中吮食那「零食」。

Sieraya啞然失笑，那加入松露口味的巧克力，明顯的松露味道。隨著島嶼拓展開對美食世界性的視野，男人一定知曉歐洲用豬去找尋那珍貴的松露，因著松露味道一如母豬發情時的費洛蒙。歐洲的豬為松露味道誘引，而完全不產松露，也沒有這記憶的台灣黑毛豬，也喜愛這味道嚒?!

是不是凡是豬皆如此？

（母豬呢？她們是否也喜歡有自己味道的松露巧克力？她們吃的時候，可以為吃的是自已、自己的同類?!）

愈來愈多的豬群推擁的男人，回過頭來，問 Sieraya 要不要也來餵食。

那吃餿水的豬可是有牙齒？記憶中吱吱喳喳吸吮的俱是湯湯水水（才叫作餿水），可牠也吃番薯葉，山豬明顯有長長的獠牙所以同樣是豬必然也有利齒？會將手指頭連同巧克力花生糖咬嚼併食？

（與花生糖一樣也咬起來咔咔出聲。

所有孩子們都知道的虎姑婆，小女孩阿銀問姑婆在吃什麼，正啃著姊姊阿金手指頭的虎姑婆不就回答：在吃花生。）

Sieraya遲疑，但止不住好奇，不知該拿那應是有致命吸引力的松露巧克力，還是與手指頭同類的花生糖。最後只為便利，以指尖揑拿幾隻條狀花生糖走向前，一隻體壯的大黑豬立時捨棄已兩手空空的男人迎向她，也沒看清怎樣張嘴，一張溫暖明顯可感到溫度的潮濕的嘴已將她的手掌包覆，有較粗約略帶顆粒的「東西」上來捲走手中花生糖。

本能驚叫出聲，抽手後退，才會意到適才碰觸到的應只是舌頭。那大黑豬也不曾撲向前來，站著略偏頭一對小小但晶亮的眼睛看著她，像期待本來該還有更多好吃的。

那手被大量包覆的溫暖潮濕柔軟的感覺，是怎樣美好的撫慰，相較外在的溫度，又是乍然被捲進入，必然稱得上暖熱（原來豬的嘴內這樣高溫）。帶重量的舌頭與嘴的吸吮力道觸落在手上，不是人身能有的小規模觸吮，而是從未有過的大面積活體觸感，且是體腔內的活體黏膜觸感。

那樣含帶上生命溫情暖熱的吮吸。

Sieraya不知道遭宰殺的是不是這隻黑豬，她也不要追問。

那天工人送來整副豬內臟，正值那誇耀的男人來相約要去看3D電影，還坐下來暢談他要重拍的《殺夫》電影。臨離去前看到洗碗槽裡這一副堆得滿進滿出的豬內臟，做了一個噁心的皺起鼻子表情：

「妳又要做些什麼奇怪的東西？」

故意回過頭來，就站在門口說了這故事：

「妻子纏綿病榻多年，丈夫不得不照顧，但十分怨恨，有一次他棄妻子於不顧多天，讓不能從床上起身的妻子幾近乎餓死。

「許多年之後，妻子終於過世。

「有一天丈夫夢到妻子前來說，她投胎轉世，到那個村、那一戶人家，交代得歷歷清楚。」

誇耀的男人故做懸疑的稍止頓。

Sieraya看著他也不追問。他只有接道：

「丈夫不遠千里前去，也果真找到那戶人家，先還不敢說出真正原由，只問是否有嬰兒新生。」

對方堅持多年來不曾有嬰兒新生。

丈夫不信，一再糾纏，最後只得說出死去的妻子託夢轉世。

此事非同小可，對方仔細想了才說：

「如果有生了什麼，就是豬欄裡的母豬不久前剛生下一窩小豬。」

帶領丈夫到豬欄，立時就有一隻小豬跑向前來，眾多人，只來在他腳邊一再磨蹭轉圈，始終不肯離去，十分相熟親熱。

眾人為眼前的景象愣怔住。

丈夫問這隻小豬賣不賣，很快談定一個價格，付清了錢，很容易的抓起這隻一直依偎腳邊的小豬，用力的向牆摜摔下去。猛力撞擊小豬慘叫掉落地，留在牆面刷下的血痕，仍掙扎的起身要爬向他，走一兩步頹然倒地，未死仍嗚唔哀鳴。

丈夫彎下腰，抓起小豬，極盡其力再次摜摔向牆。

這回小豬頭破，腦漿血流四溢慘死。

Sieraya看著那誇耀的男人講完一點都不曾驚愕的神情，好奇的問：

「你怎麼不覺得奇怪？」

「要不然妳以為這個丈夫買這隻小豬，回去做寵物嗎？」他說。

「倒是，已經知道不曾有嬰兒新生。」Sieraya略一沉吟，追問：「那丈夫為什麼還要繼續追究？」

這回是他愣了一下，但不曾回答，揚長而去。

被環繞在大型洗碗槽裡待清除洗淨的那一整副內臟，Sieraya第一次不知道能做什麼。

之二
大復活

距離小說寫成、電影上片超過三十多年，他們回到那當年事發的所在地：上海。

為了探看重新拍攝《殺夫》的可能。

他們必然要回到那命案現場。

1

一九八七年台灣終止長達近四十年的戒嚴，海峽兩岸終再能互通。多年來他們分別都曾為了各式緣由來到上海，但這還是第一次相偕同行。

他們都還記得第一次前來的印象：市容沉暗破舊而且老氣，之前曾經再怎樣燈紅酒綠時興的都市，半世紀以來如死水停滯少有新建設，大量的人口仍在其中使用，不曾博物館化只有更加速老去。

上班時分齊一穿藍色衣服的「藍螞蟻」，鋪天蓋地川流於沒有想像寬闊的街道，她尤有印象當腳踏車流行經「外百渡橋」，更有如一整條灰藍色水流襲滾流蕩在橋面上一般，魔幻寫實一般。

（這沒有顏色的灰黯城市，怎麼會曾是有「東方明珠」之稱的小巴黎?!）

她因而不曾感到她其時早已寫成、出版的小說《殺夫》，與發生於此的謀殺親夫案有何關聯。除了小說用到了屠夫妻子殺夫這樣概念性的簡單發想，她將整個故事情節移回台灣／鹿城，她虛構的故鄉，小說晦暗陰沉色調，與當時在台灣被告之的璀燦「十里洋場」，風土民情，可說截然不同。

因而長達三十幾年來，雖多次來到這城市，始終不曾興起前來這事發地探看的意念。這城市與這殺夫事件，她真感覺不到任何關聯。

直到這誇耀的男人提議要重拍跨越海峽兩岸的《殺夫》。

三十多年來他們分別在不同的時間點一再為著各式緣由重回這都市，看到老舊的整條街道拆遷，看到整個都市像個大工地，快速的插起了一幢又一幢的高樓，好似積木般的只消在平地上堆疊上去，美夢即可成真，真的是「眼看著他起高樓」。他們隨著來此的「台商」，不只眼看、也跟上「宴賓客」的盛大排場。

炫富是新的名詞，理所當然而且公開招搖。

於今，他們再次來到這都市，這回第一次聯袂前來，只差沒有手牽手，一如那誇耀的男人的做法行跡，入住外灘面對黃浦江的大套房，而且為示「清白」訂了兩間，幾占去了整個轉角層樓。

「這樣才有一百八十度的視野景觀。」男人以他一逕的誇耀方式說。

晚近這些年，他們感到了這曾是的「東方明珠」正在回復它的光華。但且慢，於今「東方」至少不只有東京，還有香港，只不過不再有人刻意要被稱作「東方明珠」或小巴黎。

他們對這新近如此快速崛起的都市驚嘆也讚賞，然並非那麼樣的全然喜愛，只有那一直以來，即便三十幾年前首見已然滄桑的外灘，如同進入時光隧道般，一直是他們存留過往夢想的所在，方是永恆的「東方明珠」。

在那面對黃浦江的旅店套房裡，他給她看了他蒐集來的資料。

詹周氏原來姓杜，幼失怙恃，孤苦伶仃，由周姓扶養成人。嫁詹為夫。

詹周氏的丈夫是個殺豬屠，操業鄙。生者一身肥肉，終日喝醉醺醺愛酒賭博，賭輸了酒醉回來，不是打老婆，就是翻台子。生活費用沒有著落，只得託人設法預備到香菸廠去做工，每天六點起身，七點鐘上工。不料丈夫怪他不安分守己的待在家裡，哪裡是去做工，是去軋姘頭。

他們住在二房東家的樓上，房東實在討厭這個酒醉屠夫。自住客堂，把門關斷。叫他們自在後門出入。

詹周氏年紀三十多歲，是個瘦尪尪的婦人，平日對丈夫百依百順。二房東太太常常可憐她，說：

一個女人，服從丈夫到詹周氏，也就很少的了。

「這是個當年轟動一時的大慘案。」那誇耀的男人用著幾近演出式的聲調與加強的動作陳述。

她來前已由他在尋得的資料讀到，當時有著名的女作家為這殺夫的女人做陳述、辯解、甚至與人筆戰被歸入同樣會殺夫的「淫婦」。

「可女作家的好友，那贏得文壇盛名被推崇上祖師奶奶的張愛玲，並不曾就此發聲？」她問。

「張愛玲愛上一個『漢奸』，被罵『文妓』，怎敢去挺『殺夫淫婦』？」男人不動聲色但明顯的刻薄。

話鋒一轉：

「妳倒是不分青紅皂白，就跳下去挺的那一派。」

她原驚訝他對張愛玲的熟悉，轉念一想一定來自李安的電影《色・戒》。對蔚為風潮的事一向有高度的敏銳，他可以沒讀到幾篇女作家的文章，但從旁處而來的訊息自可演繹出一套精采說詞。

「我跳下去挺的，是被傷害的女人們，不是個人。」她仍不免要辯白。

「妳們這些女人，哈！一鼻孔出氣。」

他帶她來到這事發的所在都市，一定並非僅為此，有什麼是他可以拿出來獻寶的？男人打開書桌上的電腦，一如他一向要趕上時代的自我要求，有極好的使用電腦能力。何況他還有公司做game的設計與開發。他很快的聯結上一個視頻，開始播放。

簡單的電視製作紀錄片，大部分的訊息來自主持人口述，不多的影像，卻在不期然中，讓她血脈瞬時間凝聚的是撞上一張黑白照片。

是那殺夫的婦人。

第一次，那殺夫的婦人不再只是一個名稱，不管叫「詹周氏」、「醬園街慘案」女主角、殺夫淫婦……而真是一個女人，有模有樣的女人，有一個真實存在的樣貌、一張清楚的臉容。

許是翻拍過，黑白照片完好甚且不曾發黃，大頭照裡可見穿著大襟的中式衣服，平常女人的一張臉，年輕，大概三十歲，先會看到略胖、微外翻的厚唇，接下來看到小眼，還似有雙眼皮的淡淡線痕。

她不知為什麼覺得熟悉，甚且「自己的同胞」這樣的詞都來到心中。下個意念是女人不似一向以為的「中國女人」、「大陸妹」，於她的認知像一個台灣女人。那種台灣常見與原住民混血的寬圓臉、厚唇、小眼、鼻梁不高。沒有那麼「肉餅臉」，但至少不是漢族常見的長臉高鼻薄唇。

相熟帶來不安。

（果真是與自己有淵源？）

然後立時這樣設想：中國各地也都有這樣的少數民族，是有中國少數民族相混的血統?!

那黑白照片裡的女人也一點不符合她小說中寫的殺夫形樣。不僅全然沒有一向以為被虐待的悲苦淒慘，也不見被傷害的怨恨淒厲悲情，不陰沉不尖刻看來甚至並非相學上說的薄命相。

（是平日拍攝用來做身分證件的大頭照，並非拍在殺夫之後?!）

全然不曾有會《殺夫》刻版的經典印象，也更不是她小說中一再遭到各式欺凌的女主人翁林市。女人是不是就還原回來詹周氏、醬園街慘案女主角、殺夫淫婦？

但照片上女人的臉容如此不相關的平常，也讓人不曾留有太多的印記，看了後不會什麼畢生難忘之類。雖然紀錄片敘述中，提及女人的小眼被引為三角眼，三角眼凶狠放光說話時咄咄逼人。

她更似無有冤仇，也無意要人代為述說。

（這女人究竟與自己有何相關？）

2

那簡單的電視製作紀錄片，是事件許許多年後拍攝，絕大部分的訊息來自主持人口述，對事件的種種，甚且缺乏後續的現場追蹤。

他們必然要到事發的地點，去看那慘案的現場，即便知道超過半個世紀後，必然已經人事全非。

他們有的訊息只有一個地址：

上海新昌路醬園弄85號。

那慘案因而被被稱作：醬園血案。

又稱箱屍案。

為了要有在地的感覺，他們捨棄車子和司機，用公共交通工具，坐了公交車，也搭了地鐵。

還未到下班的時間。

非尖峰時段，這據稱有三千萬人流動的大都市，非主要幹線的地鐵車廂內仍站有人，但至少不到人挨著人的擁擠，或新聞畫面上得靠站務人員將人往車廂內推才能關上車門。

她從人群隙縫中，不知怎的就看到坐於對面的一名女子。引發注意的是那女人坐在地鐵的藍色座椅上明顯的不安，她一直不停的但些微的在移動她的下身，好是試圖調整臀部與座椅間的接觸。到站後半站起來她回身伸出手來在椅子上很使力小面積的抹了一圈，那種兜起來在手面上要帶走的態勢。

門即將關閉的警示鈴響起，看來只夠時間讓她抹這一次，才匆匆的離去。

地鐵淡藍色堅硬的塑鋼椅面上，留下她不曾抹乾淨殘留的，血跡。只有經血才會有那樣的濃稠腥紅還帶著血塊，手掌掃過處都還未能全然去除掉的痕跡和不曾抹到的濃血，參差的血痕反倒更一目了然，欲蓋彌彰的怵目驚心。

這麼大流量的月經顯然是突來才未曾防備，不似衛生棉漏吸。那月經必是無有阻擋的直接透過內褲裙子再來到淡藍色的座椅上，留下如此大量的血跡想必是經血驟然之間噴湧而出。

還好女子穿著一條黑色的窄裙，那種辦公室、服務人員的ＯＬ穿法，三十來歲，職務顯然不是太高並非主管，黑色套裝布料還非耐吸水的棉毛而是化纖材質，才會一股腦的流到也是不吸水的堅硬塑鋼座椅上歷歷在目。

但她離去時至少不會臀部裙子上一大片血跡，不知要如何才能掩藏。那黑色更頑強的阻擋去了濃稠深紅的血的顏色。

她像目睹一場流血殺人事件。

看！證據確鑿血跡不都留了下來?!

他們走出地鐵站，來到臨河的馬路。

「蘇州河」歷經整治，部分成為文創的新地標，但並非這部分、自然不是歷史書本中讀來的「十里洋場」，也不是三〇年代流行歌曲捏著嗓子高尖女聲唱的「夜上海」。

站在新建的堤岸上，不寬的河黃水流動，一點也不清澈。她記得早些年慕名「蘇州河」前來，兩岸殘破的低矮殘樓違章，有人就在岸邊洗衣刷馬桶，十分日常，但河上漂著異物更形混髒，鄰近有著臭味。

「這河流就是一場人生，一切在此發生，從汲水燒飯到倒馬桶……」她有著印度恆河的記憶這樣說。

「才不會來這倒馬桶。」他自信滿滿的打斷她：「那時代糞多值錢，有人、車專門來收糞，做個小區的糞頭是個肥缺。」

她訝異於他連這樣的事情都知道，也相信他。為了想要重拍《殺夫》，他一定下過不少工夫。

他愈發自得：

「九七年我來，住在『波特曼』，美國總統住過的旅館。在附近閒逛，還看到有糞車有人出來倒馬桶呢！」

這回她睜大眼睛。

「不會吧！九七年，上海市中心，靜安區耶！」

他們彼此都知道是真的。這也是這個都市不可思議之處，任何光怪陸離，什麼不可能的事都可能在此發生。

從蘇州河岸往市區走，他們尋找一條叫「新昌路」的街道，然後才要找「醬園弄」，然後才能找到「85號」。可行經之處都是明顯改建過的市街，很難產生「這就是以往詹周氏活動的地方」。尤其從網路的地圖得知，醬園街早不存在，連名字都消失不見。

整個街區拆除蓋新樓，那殺夫的原發生地，於今只是人來人往的住商區內某個地點。

這裡更顯然沒有了所謂的「兇宅」，群群小區層層樓層上滿滿住著人，那被殺且被切成塊的屍身陳放處、那地上流過的血跡，沒有了街道、巷弄、門牌號，無處尋覓。

然這多年來，不間斷的分分秒秒時時日日都有人行走於其上。公寓住宅，一層樓的人行走於另一層居住的人的頭上，一層層的人往上堆疊，同時間有多少人正踩在另外樓層的人頭上。

也踩在那慘案流過的血跡上。

而就在某個小區內，在一九四五年三月二十日凌晨，這裡的確曾發生兇殺案：

三月二十日午夜三點，丈夫自遠東飯店賭博回家，詹周氏力陳變賣家具設攤營運，遭丈夫非議，默然就寢，六時許，周氏以遇人不淑，夜不成寐，感慨身世，頓起殺機。乘丈夫酣睡之際，離床開抽屜，覓取菜刀，猛砍丈夫頸部，丈夫痛極狂呼，聲震屋宇，同屋居住者驚問事由，詹周氏諉稱其夫夢囈，以相掩飾，其後又連連砍六、七刀斃命。

又恐事發，被砍身死後再行支解，計頭胸一段，兩臂膀四段，腹部（盤骨）一段，兩大小腿四段，連腹腿臀割下之皮肉共計十六塊。

密藏皮箱中，冀圖湮滅罪證。血流下注，為同居王陳氏發覺。

真正發生的醬園街既然早不存在，他們只有尋找「新昌路」，那僅存的標地，是一個更大面積的相關地點，或能感受到昔日的一些。

所幸沿途走經一條僅存的窄小街道，仍有著那樣舊日的二層小樓房，或者甚且不到二層只是一樓半的夾層，磚夾著木結構。

「這就是你說非常的sexy的『半樓仔』，上面的夾層都是用木材做樓地板。」她說。

「是啊！年久後木條與木條間會有縫，有東西從縫裡滴下來，紅色的，有腥味，滴在臉頰、頭頂上，伸手一摸一看，嘩！血！」他誇張的大聲說。

他們鄰靠向窄小街道最陳舊的一棟二層小樓房，想探看那半樓仔，沒料到裡面雜亂交錯著違章隔牆，只留下極小的通道，想進入都不得其門。而且顯然有人在內，惡聲趕人。

警察來了，詹周氏一點沒有懼色，隨屍到了警察局，她就承認說丈夫是她殺的。

為什麼要殺他？

她說：

他待我太兇，太殘暴了，我憎厭他所以要殺他。

她說我和他沒有別的仇恨只是他每天酗酒、殺豬，兩隻眼睛紅絲拌滿的就像一隻豬。我每天陪他到屠宰場，我怕殺豬死相。

他偏把我綁在一條板凳上，要我看他殺豬，我愈怕，他愈樂。久而久之，我不怕了。他酒醉回來，每夜打罵我，打罵完畢，睡在床上就像一隻豬。我每次想把他殺了，就像殺一隻豬一樣。可是沒有機會。昨天，他帶了一把屠刀回來，他口口聲聲的要殺我，到天亮，他睡熟了，我忽然想起他殺了這許多牲口，我殺他也只算替豬報仇。我要試一試我歷年來見習的屠宰方法。我就用他肢解豬體的方法把他肢解了。地上血漬也是我沖洗乾淨的，我在殺豬場常常幫他這樣洗刷血漬。

她說話很有理智。但是警局認為無姦不成殺，當時就把她吊起來，追問刑供後面一定常有小白臉，刑警要她現場表演。

她倒慌了。哭得非常慘厲。

他們不多久後即發現「新昌路」並不難找，還是條不小的路，因著不熟悉方使他們在這小區內四處繞著走，增添尋找的迷離與困難。然「新昌路」街道兩旁大致建起了新式的樓房，就算有些看來略有年代，傳統舊有二樓的街屋也完全不見。

而且「新昌路」很快的便走到底，來到一個大廣場，他們一齊辨認出是解放後開拓的「人民廣場」。

他們在與事件相關的「新昌路」，未能追尋出詹周氏當年在此生活的遺跡，甚且一點舊時的感覺都未有。

兩人一時有些不知所措，像突然踩空似的。

可那屍身陳放處地上流過的血跡，這分秒時分，在上又正堆疊有多少人！那屍身陳放處地上流過的血跡上，其上又積累上多少牆面、柱子、減力牆、天花板、樓板面積。更不用說放置堆上的家具，可有那戶人家床的位置就正是幾樓以下那原砍下第一刀喉口血流噴湧的所在；餐桌擺放的正是那仍完屍尚未被切斬開來、或已切下頭、手、腿擱放的地方?!

不見了兇宅，甚且沒有了街道、巷弄、門牌號，殺人分屍的原發地，現層層堆疊的人、屋的共業，是消除去了兇宅慘案的共業，還是積累了更多的共業？！

足以抹去痕跡嗎?!

（至少是不可尋。）

隔日就要離去，兩人悻悻然的決定回旅店。

他們在旅店頂樓面黃浦江的餐廳，不需要就著「煙燻牛舌」，他們一定會說起過去，三十年前那短暫的交往。（敘舊完了才會再有向前的可能？）

她說起他們第一次兩人單獨吃飯的那家敦化南路巷子裡的日本料理店，媽媽桑奇特的眼光、只吃了幾口的烏魚肫。

「是嗎？我們不是在『新同樂』吃飯？我那時候最愛去那，港菜剛來台北，那些燕窩魚翅鮑魚，貴到搶人，但請起來多有面子。」

為了要表示並非那麼不曾在意，他著意的要瞄一眼她的前胸，餐桌正中央的花飾一定阻擋了他部分的視線，因為他偏了一下頭。

接下來他顯然十分努力的要嚥下了即將到口的話，但下一瞬間還是說了出口：

「妳胸部很大我記得，當時完全沒料到，看不出來。」

為著掩蓋他的脫口而出，他轉移話題接道：

「我看過一個報導，那個殺夫的女人在支解丈夫下肢的時候，目睹丈夫下體翹起。寫文章的人還說，看到這情形，『怎能無所體恤邪』？」

驚訝於第一次聽到這樣的傳聞，她無備中一口切下的煙燻牛舌停在嘴邊，還真有著咋舌的模樣。

放下那牛舌，她只有掩飾的說：

「恐怕在殺人之下慌亂之際，沒有這種閒情逸致來顧及這些吧！」

「倒真是好的電影畫面！」他說。

說到電影，他隨後興致的提及，資料中顯示經過被詢問、刑求，那殺夫的女人透露符合當時人們以為殺夫一定是「無姦不殺」必然的條件：

奸夫。

姦夫一開始是丈夫賭友小寧波（何寶玉），詹周氏氣他誘引丈夫身陷賭博，是萬罪淵藪。

接著是鄰人銅匠賀大麻皮。丈夫好賭家徒四壁，她向鄰人銅匠賀大麻皮借錢，還不起用自身肉體相償。

雖是沒有科學鑑定的時代，殺夫時間地點明確，凌晨眾人尚熟睡時，小寧波賀大麻皮只消提出不在場證明，難以羅織他入罪。

牽扯出賀大麻皮曾以三萬元左右代價，與詹周氏發生過十幾次關係，傳言賀大麻皮生有異稟，詹周氏在獄中自己對人說，其實還不如她的丈夫。

女人說，賀大麻皮的床上功夫，甚至不如丈夫。是女人為顯示她與他人性交，無關歡愉，只為償還金錢往來，免得罪加一等。還應是果真如此？

她的受虐是真。婚後二月即發現丈夫有外遇，不事生產，有了錢終日嫖賭，不管家用，動輒打罵，恣意虐待（被打到下不了床，不堪虐待吞來沙爾自殺，送宏仁醫院才救回一命），然不論如何，因為有不同的男人有所比較，女人至少享有過性的歡愉（知道誰的能力比較好）。

「屠夫丈夫的好性能力，終究不敵暴虐，也無能阻止被殺。」

他最後歸結，然後悻悻然的說：

「看來性能力好，爽過了也沒有人會感激。」

是不是有一陣寒凜臨上她的身，像拂過的冷冽陰風。

一切回歸的，果真就是胃的飢餓、陰道的快感，從皮膚表層直下到肌理血管的劇痛。而胃陰道滿足過後，終究還是要回到難堪的空無空虛，不再留存，最後剩下的，就只是痛。

然曾有過的歡愉，那經過、有所比較的爽樂，在下刀的那一瞬間，是否來到心頭？可曾因此阻止刀刃更深的進入，還是，引帶出來的方會是至深、最終極的滿足?!

這才是必然要達成到底的！

而窗外璀燦燈光耀亮的新興浦東，一時仍似毫無止息的跡象，鋪天蓋地的耀亮著。這新才建起的霓虹燈超高樓，要到地老天荒，恐需要更久遠的時間，期間發生的，便會是超時越空的存有，一再的被轉述，不管是用什麼方式、由誰來訴說。

（這當中可有公道？自在人心的又會是什麼？）

一切會不會只是無盡迴旋的輪迴，去了又來的相互欠抵。終點盡處何在？又可曾有終點盡處?!

是因著是夜的香檳，微醺中她回到自己的套房，蓄意復回的這城市曾引領風潮的Art Deco風格，敞大的大理石雕飾浴室，四隻腳站立的浴盆弧度古典優美，是瑪麗蓮夢露浸身其中，身上滿是泡泡但仍要伸出一隻裸露美腿、再轉過頭來面對鏡頭噘嘴的經典想像。

雖然擔心有被感染的可能，她仍打開飾金水龍頭在浴盆裡放水。就是為了那嘩嘩的水聲也罷！

脫去連身洋裝只剩下裡面的襯衣，在鏡子前卸妝時，她赫然發現，那白色襯裡如此的薄、透明，絕對不似一般薄紗睡衣。

原只是襯在裡面的白色襯裡透明到身體幾乎可說是一目了然，她能清楚的看到自己黑色的乳頭、黑色的恥毛、毫無遮掩如此的無所遁逃於形。那薄到幾近透明的白襯裡不知為何不僅不曾發揮遮掩的朦朧效果，反而清楚的、變本加厲的暴露出身體的醜態，明顯可見的黑色乳頭黑色恥毛，骯髒汙穢而且醜陋。

啊！她不覺驚呼出聲，原來不足夠的遮掩會造成欲蓋彌彰的加重嫌惡，好似自己為了遮掩中年以後總是要開始變形的身材，雖然她還自許變化並非那麼大，但於今故意的要遮掩，卻只更醜態畢露。

那「遮掩」原來也要有足夠的厚度，方能達到掩蓋的效果，欲遮還羞，並不是任何「遮」都能做到。

而無論如何，朝向的都是最終的敗壞。

看著中年後的身體，轉開頭去。

他會前來敲門嘛?!

（為看齊外灘一百八十度的視野景觀?!）

3

下午的航班，他們原訂早上要去「提籃橋監獄」，但昨日的經驗讓他們有些遲疑。

從資料中得知，詹周氏曾被囚於此。這在拱北租界，離外灘只有不到三公里，二十世紀初英國駐新加坡工程處設計的「提籃橋監獄」，於今尚存仍在使用。

在送進大牢的一天，把她綁在一部送貨卡車，一個打小鑼的、八名刑警押著，從閘北一直遊到租界，又繞老北門、小西門、大南門、而到十六鋪、到虹口，送入提籃橋監獄寄監候決。

所到之處，打起小鑼，叫她捱城門唱歌。和刁劉氏騎木驢一樣。還替她在卡車上面的位置放了一條木馬。跟著看熱鬧的人真是人山人海，有的說：

可惜她沒有刁劉氏那樣好看。

他們在討論的時候，那誇耀的男人從資料中還讀著：

「淫婦遊四門，肚臍眼插三炷香，兩個乳頭用鐵絲串著燒蠟燭。」

來訴說在電影畫面上的效果。

然昨日的經驗讓他們原沒什麼寄望會有太多留下的遺跡，便直接從旅店趨車前往，來到「提籃橋監獄」前。

全然沒有料到，矗立眼前這上百年後還在被使用的監獄，如此不可思議的美麗，一種極致的陰沉的美，整個地區氣場氛圍因此枯索蕭瑟，那種怨念成灰的詛咒。

巨大高聳封閉的直線構圖，再加上灰白混凝土、紅磚、黑鐵門的顏色，簡約但設計性的封閉大門依舊優雅。有這樣符合監獄的封閉性、經過設計的優雅的美麗方式，全然不是原以為的過往簡陋難看的窮困地區的監獄。

兩人齊出聲讚嘆這英國人設計成的監獄。

來殖民者，連蓋監獄都用上心思製作美麗，又是怎樣的一種心態？！是連殖民地、連監獄，都想要永世經營嗎?!

那緊閉高聳的幾層樓高的黑色大鐵門，相較於一旁平日進出的小門，大小相較有著衙門的官威。設計時期新開始了簡約風潮，畢竟是個仍有在裝飾的年代，厚實長方形立面，上方混凝土往內縮，在黑色大鐵門外延鑲飾的，是紅磚排列出的多沿的疊澀造型。

「這樣的手法在教堂大門上方常見，只不過教堂多用圓拱型，這裡是方型。」她感慨的說：「感覺上就完全不一樣了。」

那黑色緊閉的門框著紅磚一如見血，有著那樣不可分說的肅殺之氣，血光之災害盡在其中。

她不免也文青的加上：。

「進入的是救贖還是懲罰，真不可同日而語。」

應該多半是由於這座占地廣大的監獄，雖然離外灘只有不到三公里，整個地區全不見新的開發，不似黃浦江岸已然高樓林立，監獄旁的舊式樓房裡反倒依稀仍保有當年慘案發生時的風情。

是因著這百年來外觀樣貌不曾改變的「提籃橋監獄」，她因而清楚知覺到，那殺夫事件的確是發生在這當時有「東方巴黎」之稱的上海公共租界。

就在這裡。

他們知道下一回，得要申請進入這「提籃橋監獄」，也許能窺得更多事件的原貌。然這不能進入，也愈發顯得整個事件有著撲朔迷離不可探知的神祕，好似那因果關聯的冤冤相報，仍不曾止息的繼續發生。

資料顯示，這大型監獄最多時關有八千多人。詹周氏是至少幾千個人當中的一個，幾千人多半沒有被人提及名姓，也不希望有人記憶。

可這殺夫的女人進了那經過設計的優雅美麗的封閉大門，仍得到了眾多的矚目，街頭巷議也鬧得沸沸揚揚。她在此被囚禁等候宣判期間，外面仍有人為她求陳情，媒體還會白紙黑字的出現在報章雜誌上，甚且印成書籍，一逕流傳。

震懾於那上百年監獄正門不曾為時間淘汰的設計感的美麗，他們甚且不曾相互約定，就自然的沿著「提籃橋監獄」繞行。

（還可以看到什麼?!）

他有感而發的說：

「詹周氏後來免死刑，被判十五年，關在這裡。」

「啊！什麼？」她十分訝異。「我以前讀到的是她趁日本敗戰後，戰亂管轄空窗期逃離監獄，沒繼續坐牢。」

「不，有資料說她坐滿牢，才回家鄉結婚生子，還終老，七八十歲才過世。」他帶恨意的辯駁。

「日本敗戰，國民黨接管，二戰結束、共產黨上台，這麼多次的政權移轉，混亂中，她沒有被處死繼續坐牢，真的是命大。」她感慨的說：「而且沒想到還有人知道她的下落，更神奇的是居然能夠善終。」

她搖搖頭再次說：

「真沒想到。」

「當時有人說要把她遊街示眾，淫婦騎木馬遊四門，肚臍眼插三炷香，兩個乳頭用鐵絲串著燒蠟燭。」

男人說著顯然被撩撥起興致，打開手機找到資料出聲唸：

「從閘北一直遊到租界，又繞老北門、小西門、大南門、而到十六鋪、到虹口，送入提籃橋監獄寄監候決。」

「我們現在已來到提籃橋監獄，應該倒著走一遍當年遊街的地方，倒到閘北出發的地方。」他看了看錶：「可惜沒時間了。」

「那有人這樣倒著走。」她不知為何感到不祥：「能倒著回去，也許就不會殺人了。」

「我看還是會照殺。」

以他一貫誇耀的方式，面對那高聳的監獄灰牆這樣說：

「我開始覺得有些不公平呢！」

過了那富設計感的大門，接下來圍繞的高牆就只是一般常見監獄的牆，只這「提籃橋監獄」顯然真的很大，緩緩走來看似相似的長牆不見終點盡處似的，也就有了令人倦怠的感覺：

怎麼這樣的沒完沒了，就算有時間要倒著走，恐怕也沒了那能力。

「怎麼都沒有提到那被殺的丈夫。他不只被殺慘死失去生命，還完全被遺忘了，沒有人在乎，報導裡沒有他的照片、沒有他的生平，什麼都沒留下。」

「所以才有新的故事可說。」她說，有著故做輕鬆。

他認真的點頭。

「做屠夫就算說是擇業之不善，一生殺害太多豬得到的因果。但也不能夠被殺後，有關他的，永遠只有兇殘暴力……只留下罵名。」

她沒有聽清他說的「擇業之不善」這麼文雅的說詞，問他，他避諱的說：

「做屠夫，一輩子殺了多少生命，會回來索命的。」

「倒是留下一個名字，滿漂亮的。」她為著有所圓緩，遲疑著，最後還是說出口：

「詹雲影。」

過往隱隱然深潛的恐懼並沒有隨說出的名字從心中消逝，反倒因著發出具體的聲音好似召喚般：

詹雲影。

「詹雲影。」

他覆述，然後如此突如奇來的急促且聲音大的說：

「妳一直說一定有什麼淵源讓妳在美國加州看到這則殺夫消息，妳也多半以為，地球繞了大半圈轉了好幾個彎，是詹周氏要經由妳的筆替她說出冤屈……。」

她停下腳步。

「誰又知道真正發生了什麼事，妳又是為了怎樣的因緣才會和這殺夫事件相關？」

她落後了一步，他不曾注意到她在身後差肩的落後，逕自接說：

「如果真要經由妳的筆來說出冤屈，要說的，究竟是誰的冤屈？」

他的語氣平緩且慎重。

她心中一懍，心臟被猛的撞擊血液齊往上飆升，以致頭重腳輕心口全給掏空了。

只是不敢接話。

悚然震驚。

那「提籃橋監獄」圍牆旁車水馬龍的街道上，因著如此漫長，還設有交通號誌，正值紅綠燈轉換，原停下來的車群，低速檔引擎齊聲悶吼前衝喇叭尖高嘶叫，眾聲喧譁的全暴發噴吐出，幾淹沒了他的話語。

怕她聽不到，他再次、揚高聲音說：

「妳怎麼敢確定來要求伸冤的是詹周氏？不是別人？」

尾聲——大祭拜

1

我們因缺憾、虧欠而來祭拜。

（我們也常因愛而犯錯。因情因愛、因工作職志、理想……。）

我們祭拜。

我們要消愆滅罪、懺悔拔罪、救度亡魂……我們祭拜。

祭拜天、地、鬼、神。

（還有任何要祭拜的，我們私密不曾說出口。）

祭拜的儀式中，首要的是準備奉獻的供品。

集眾人之力的大牲：

一左一右的全豬、全羊。

神豬是亮點，必得要養大到上千公斤，豬公增肥到趴在地上動彈不得，上了磅秤，連磅秤都爆表，方是最大誠意。

全羊當然也得是隻壯碩的公羊，但體態上自然無從和神豬相比擬。

神豬嘴裡要咬一粒橙黃色的大橘子，而羊嘴裡咬的是一根香蕉。

至於我們個人有能力供奉的，是在長條的供桌上，放置一份宰殺煮好的牲品。要全牲，所以碩大的雞、鴨、魚通常是首選，還會加上一大條豬肉。更崇敬的會用到雙牲：兩隻雞、兩隻鴨、兩條魚、兩條大塊豬肉。

雞鴨處理時除了放血去除內臟，還會將兩隻腳收起叉入肚子尾端的小開口，兩隻翅膀往內倒叉，成橢圓球狀。用簡單的大鍋水煮。一個個橢圓球狀，便會泛著脂色的油光水滑，一坨坨豐饒富裕的色誘豐足，才能完滿。

兩條魚，而且一定要是大魚，尺八的大盤上還要魚頭魚尾能滿進滿出。魚不用水煮，水煮無能顯現出油水豐足，得用整鍋油高溫大火油炸，要炸得魚皮完好顏色金黃。

祭拜完後，我們吃下這些供品，期待因此帶來保庇。

（神明的庇佑存入體內，與我們遍體遍身同在，妖魔鬼怪邪靈異物不能來入侵。）

但也有祭拜後不吃的。

祭拜中我更期待的，是那令我驚奇的五花十采艷色「看桌」。

以龍為首，帶領十二桌看桌，每桌有九種供品。

也就是總共有一〇八樣供品。

手藝高強的獨特匠人，才能用白米糰上各種顏色，揑作出來這些供品。分為海、陸、山三部分，水族、蔬果、飛禽走獸分布其中，最後會有八仙、觀音、彌勒。

它們栩栩如生，在最完滿的狀態，最極致的美好。龍不會少一爪，魚鱗片片清晰，番茄熟透色艷、白菜不長蟲、觀音五指巧捏楊柳枝、彌勒大肚上可見肚臍……。

我從小就被教導這些「看桌」祭拜的供品不是用來吃的。我知道我總不會把擺在桌上一尊尺來高的觀音、彌勒吃下肚吧！

它們無差別地立在看桌上，所以連枝帶葉一顆仙桃的大小和一隻獅子同樣大小，一串香蕉的長度和我屬的龍一樣長，一隻青蛙和我最愛的鳳凰一樣……。

可是誰放大了誰又是縮小了嗎？

「看桌」祭拜的供品不是用來吃的，可拜完之後，這些東西到那裡去了呢？

（不吃食入肚，更令我驚恐害怕，它們到那裡去了?!）

我從不以為它們是用米糰做出來的，小時候我會相信，那些龍、鳳凰、麒麟、獅子、大象、甚至是魚、蜥蜴……拜完了就會自己回到原來自的地方。

（否則怎麼會一顆仙桃和一隻獅子同樣大小……）

2

於今，我開始祭拜。

我因為缺憾、虧欠而來祭拜。

（我也常因愛而犯錯。因情愛、因視為職志的寫作之愛而犯錯。）

我要消愆滅罪、懺悔拔罪、救度亡魂……我祭拜。

祭拜天、地、鬼、神。

（還有任何要祭拜的，我私密不曾說出口。）

祭拜的儀式中，我準備奉獻滿滿的供品。

我上供的是排成一列已然做成的：

《殺夫：鹿城故事》

林市——胃

餓鬼道裡永遠空虛的，可不就是食、色。

食道通的真就是陰道?!

《暗夜》

李琳——耳朵

她像任何女人好聽男人的甜言蜜語，男人還是丈夫的密友。

懷孕後去求「佛畫」，畫出的是一大把瓜蔓，肥厚巨大的墨包葉子位滿畫的上方，下面則是個斷了藤的西瓜，碎裂成三個片塊，血紅的瓜肉上無有任何黑色瓜子，只是綠皮上一片紅墨淋流，旁邊草書題了一句「無瓜無葛應未遲」。

《迷園》

朱影紅——陰道

性和愛，愛和性，翻轉出什麼？

在那時刻，我是怎樣全然陷入迷離的、強烈的愛戀中，僅存的微小意識中，尚能知覺自己在沉陷，一點一滴、一尺一寸，每個見面的夜晚過了白天到臨，他在我心中引發怎樣持續的、狂亂的愛。

然而我卻真正感到害怕了起來。

我等待著，等待著對那愛情的極致恐懼自心中消退。

《自傳の小說》

謝雪紅——腦

台灣共產黨的創始人，不曾上學，字一直寫不好，有男人祕書。

她最愛的一種則是以陽具沾酒在她身上寫字。

「你……上次不是說，要用你……你那根……教我……寫字。」

那陽具便能沾滿酒液，濕淋淋地被提出，任由男人在她身上觸畫，隨著龜頭過處，在他沾酒的陽具劃過處，擺扭著軀體順應。

「教我寫『我』，寫『你』……。」

他以手握住那早已脹大的東西，真正匆匆大筆大劃地寫了起來。

「寫什麼？」

「汝。」

「貪。」

「我。」

「愛。」

「我不認得這些字，你先教我，我才知道你是不是真的在我身上寫這字。」

他笑她沒有那根，所以無從跨在他身上塗寫。她咯咯地笑了許久，便拿食指去沾杯裡的清酒，在他身上胡亂地畫了起來。

「我不寫字，我在畫符，畫一道符咒鎮住你。」

《花間迷情》

方華——子宮

T最無用的愛慾所在，並非孕育的所在。

愛上方華的直女林雲淵，連以唇愛撫都不能。

林雲淵——唇

看著她的裸體，清白透明的水色在上搖移，像一朵青色的蓮花。由於大量失血，那水中的裸身青白削瘦，長直的一條好似融在其中難以區分。或也因著大量失血，原在衣服下即不高的乳房又加上平躺，整片前胸平坦。水波流動搖移的水流使下身的陰毛只似一片光、暗陰影。

林雲淵想：方華終又回到她最喜歡的十二、三歲尚未萌發女性性徵的自己的身體。而以著這樣的身體離去，至少會是種安慰吧！

《彩妝血祭》

王媽媽——肝

她的道德像排毒的肝，卻也毀了至愛的兒子。

「……從此不免再假了，放心的去吧……。」

是日要公開的，而耳語祕密流傳，那係是一批死亡之像。

某一個至今不知是誰的受難者妻子，事件後偷偷運回死去丈夫的屍體，還盡可能修補好丈夫被刑求槍斃的臉面，用的，據說不外她閨閣常用的針線刀剪。

她還以相機，以各種角度、各個細部，拍下死去的丈夫，包括被刑求殘破的臉面身軀，還有經她修補後的最後遺容。

《北港香爐人人插》

林麗姿——腸

她被稱作公共汽車，是最後收集的所在。

「女人為何不能以身體做策略向男人奪權？」

「看我……看透明化的歷史。」

「姊姊妹妹站起來，讓她躺下來。」

「是我睡了他們，不是他們睡了我。」

被至少四、五十根「同志們」的陽具操過的女人胴體，究竟會是怎樣的？

《看得見的鬼》

月珍／月珠——腳掌

那個時候她仍有一個巴布薩族人的名字，用漢字寫成伊拉、伊凡蓮、娃那……。不過，人們記得的是她叫月珍／月珠。從漢人處得到這個名字。

為彰顯宣告「趁食查某」陰部永遠都在讓男人操插進入，幾個都不夠用。大老爺著令劊子手在月珍／月珠下體，分別切開十道切口，從中取出血肉填充胸乳，還要切出的洞口能像原來陰部。

大老爺指令，「趁食」的陰部一用再用，陰唇會外翻一大片，顏色紫黑，劊子手得切出這樣的陰部，有十數道方足夠供男人操插。

是劊子手於切開第幾個陰戶時，月珍／月珠在連聲慘叫乾嚎中斷氣，沒有人在意、知曉。

《鴛鴦春膳》

王齊芳——淋巴

她跟著吃，從生到死，四處流動。

好似所有遺失的東西，都會在淹水的「防空洞」裡找到：只剩一只的鞋、有破洞的傘、死了的貓狗，還有雞鴨的屍身（鴨不是會游泳？）

那淹水的「防空洞」像變魔術，能將失落的東西變回來，只不知是那裡出了問題，變回來的東西都殘了、破了（或者本該如此？）

有時吃後還真恍惚感到，那美麗未曾折損的菜蔬，在肚子裡真可滋滋的繼續在茁長，開出更多艷色的花、長出茂盛的葉。而那用豆皮強做出來的雞鴨魚肉，反倒會在肚子裡轉成真正、活著的雞鴨魚豬。

一切俱在不可言說之間。

《七世姻緣之台灣／中國情人》

何方——盲腸

她是海峽兩岸台灣／中國都可以去掉的，因為都不符合雙方的政治正確。

「台灣這麼小的一個海島，但卻是遍布南亞、澳州的先住民（南島民族）的源頭。」

「中國和台灣，很久很久以前，也是一整塊大陸，後來分離開來，中間才有台灣海峽。」

她說。

《附身》

景香——鼻子

是誰才有靈異的能力可以做出來一直持留的味道？那麼，用一個場景、場面來表現，像花圃代表香味，用看的東西來聞到香，或其他味道？

那傍晚時分哭著轉身往相反的方向走、被「紅姨」彎身抱起的景香，連同母親被帶回「雲從堂」。母親一跪在大堂的觀世音菩薩神像前，據說嘔心瀝血的悉數嘔出適才吃下的烏魚殼麵線。據旁觀者說，那烏魚殼麵線好似全然不曾消化，麵線一條條清清楚楚，烏魚肉還成塊狀。

母親對著觀世音菩薩神像長跪在泥地上，繼續掏心挖肺的嘔吐，最後連膽汁都吐滿一身。

《睡美男》

殷殷——眼睛

年長女人軀體衰頹欲望仍年輕，愛上小鮮肉，只留得視線在。

看著窗外遠處，島嶼的北部海岸，她想著就在這火車行經綿延到海的土地上，會有一處住家，他住的地方，老舊合院農舍的後院裡，有一隻狗，他白天外出時，被遺留在那裡，孤單地守著家。

等待。

行動中的火車，坐在車裡不能下車的她，就算有站停靠，下了車也並非他家的停靠站。而他的家，同樣被困住的在家等待的狗，她的自由與牠的拘限，相同的空虛。

他都不在，雖然都會再見到他。他每日都會回家照顧他的狗，健身房裡她也一個星期都會見到他好幾次。可牠、她，他們都不能有他，只能等待。

出現在各處女作家——皮膚

她事實上是企圖遮隱一切，然外在的皮膚在在反映出真實的內在。

《鴛鴦春膳》

千惠小姐——心

千惠表姊以她一貫優雅與尊貴的吃相，小口小口的吃，安靜、持續的整晚不停的吃……。

便如果是那已甜到令人頭疼的甜食，還搭配她自製的辣椒醬？一坨又一坨大量的果醬、醬汁，還加上同樣可以陷溺死人、心跳呼吸暫時停止的辣椒醬？

她動心的不必為「一個」男人，她肢解開他們來愛，可以只為一雙眼眸一抹微笑一副頎長的身影一雙纖長的手一個眼神一句話詞一個動作，在瞬時剎那她方果真能深心痴迷愛欲無限。

她清楚她絕對不要的是一個完整的男人，她愛戀著的可以只是男人這肢解的部分，只有單一的某部分。因著她知道，她一向知道，集合起來「一個」真正的男人，沒有任何男人可以讓她愛上。

千惠小姐是愛，但她也最無心，方是愛。原來是兩樣東西，但她的瘋狂與清楚之間，常人不會有的微妙平衡。

她也以心肝做藥引？

不像白雪公主的後母要白雪的心肝，做什麼？吃掉了吧！

那被稱為「傾國傾城」的妲己，要比干的心肝，有著更優雅的說詞：做藥引。

妲己服什麼藥要以心肝做藥引？

比干藉著術數，無心而仍存活著，直到聽聞屋外有人叫賣，賣的正是那「不可說」、聽不得的幾個字：

「空心菜」。

方體知自己無心立時倒地而亡。

她可曾聽聞「空心」？

這類型的女人，先有朱影紅，還會有在多年之後才要出現的千惠小姐。

千惠小姐是不是多年之後才要出現的朱影紅呢？

我以寫出了這樣類型的女人為榮。

另外還有：

《迷園》

林西庚

《路邊甘蔗眾人啃》

陳俊英

他們共用一隻陽具。

我祭拜。

先將做成的林市的胃、李琳的耳朵、朱影紅的陰道、謝雪紅的腦、方華的子宮、林雲淵的唇、王媽媽的肝、林麗姿的大腸、月珍／月珠的腳掌、王齊芳的淋巴、何方的盲腸、景香的鼻子、殷殷的眼睛、女作家的皮膚……。

平放。

我依一個女體的大致位置排列平放祭壇上，如此從腦到陰道俱足。

我的供桌、祭壇永生永世存於十方各界。

（那天主教聖母教堂的中央走道，有著原住民的平台祭壇，悲容聖母與原住民祭壇同在！那一直在使用中的祭壇，過往屠殺的可不只現時的雞、羊，更，可以是人，在上仍焚燒新殺的牲體，留下量大的灰塊！）

有困難排列的是皮膚、淋巴，它們遍處都在，我只能將它們和那一隻陽具一起放置在一旁。

一如水煮的雞鴨，油炸的魚，我如何烹煮我的供品?!

都說女人一開始要「洗手作羹湯」。

三日入廚下
洗手作羹湯

作羹湯不難，這是最容易、最基本、最始初的煮食：煮湯。

只要先將要煮的材料準備好：切好、剁好、醃好、整治好……。

放入鍋中注入水，置於生起的火上。

煮過。

就成了湯。

（我果真先不作別的，作羹湯。）

我排除掉其它基本工法煎煮炒炸。因為，就算是常用基本工法，油少來煎易沾黏，外觀不完整；炒最難因為火候，少油快火，不熟或燒焦是選項；一大鍋熱油來炸？易過與不及外焦內未熟。

更不用說困難的溜、燒、燴、熬、燜、扒、爆、燉、蒸、拌、酥、熏、醃、卷、炮……。

我只要煮一碗湯。

我依序一樣一樣放入：

謝雪紅——腦
殷殷——眼睛
景香——鼻子
李琳——耳朵
林雲淵——唇
千惠——心
王媽媽——肝
林市——胃
何方——盲腸
朱影紅——陰道
方華——子宮
林麗姿——大腸
月珍／月珠—腳掌

王齊芳——淋巴
女作家——皮膚
（還會繼續添加。）
我作一碗女人湯。
再用林西庚、陳俊英的陽具來攪拌？
或者
它已然就混在湯中。

我的悲情時代的歌，現今來到了這樣的方式傳唱。
湯中，曾經因各式的情、愛而獲罪，到此，會有所知覺也試圖抗拒不再重犯。因各式的性愛而獲罪，事實上曾獲取前所未有的歡愉。
然甘冒大不諱挑戰了社會禁忌與成規，千夫所指的罵名雖平息，但也有未曾走過的年輕世代，在置身朝向虛擬的網路世界，看不到過往其時的涉險與犧牲，以為只是故意要引起爭議博取注意。

因理想，追求民主、自由、獨立、建國……而獲罪，在權力的獲取上得到機會與平反。

可也會被認為：

還完了。

（是不是果真只能說：

歡喜做、甘願受。）

我的悲情時代來到了這樣的現階段。

經過了長達四十年的戒嚴、經過了悲情的抗爭，島嶼有了人人稱道的民主與自由，除卻尚不能建立自己的國家，而且難見希望。

面對外來的強權，島嶼抗爭仍持續，並非先前四十年間動輒被抓被關、消音消失槍斃。

成為有了媒體，可以被看見的抗爭。

而我的悲情時代的歌，現今來到了這樣的方式傳唱。

那小孩應該只有八、九歲，以現在孩子較早成長的狀況，大概不到十歲。小女孩長相甜美，很愛笑，穿著一身有蕾絲邊的粉紫色小洋裝，有一雙這個年代孩子的大腳，紅鞋白襪，鞋面還綁著一隻紅蝴蝶，乾淨整齊好看。

她身量不算小但畢竟仍是個孩子，還能坐在做為擴音的黑色音箱上，和著一旁父親的吉他伴奏，唱著超過一甲子的所有知名的抗議歌曲：

從《望春風》、《黃昏的故鄉》、《補破網》……唱到《島嶼天光》，也唱到香港的《海闊天空》、《願榮光歸香港》……台灣話、普通話、廣東話都會唱。

那孩子沒有負擔、沒有悲情也不見抗爭，就是當作歌曲的唱著這些過往需要付出生命做代價的抗議歌曲。

（不就剛有那抗議的學生在二十歲的生日當天燒炭自殺。）

不知道這樣野台唱歌的童年，是不是在孩子身上造成影響，還是在這樣的抗議場合唱歌，與孩子們上電視參加歌唱比賽，事實上沒有什麼兩樣?!

這小女孩還更清純些，不曾塗脂抹粉，也沒有電視上那一些學大人扭腰擺臀的習氣。就是坐在音箱上，一首接一首不間斷的唱著所有知名的抗爭歌曲。那些過往只能在私密、特殊場合含著眼淚糾心唱出的歌。

小女孩是由爸爸帶著，從日月潭出發來到首善之都的台北，假日在一些抗議場合唱歌。小女孩年齡與會有親人被抓被關被槍斃的悲慘世代無關，而爸爸就是一個中年父親，三、四十歲，模樣平常，身量不矮，也還好看。爸爸的形象與街頭可以結合，看得出來是會參加抗爭的那一種，於今樂意用工作之餘，來現場幫襯。

他們自己帶來燈光，有簡單的音箱擴音器材、麥克風，父女倆相親相愛相互配合無間。孩子唱歌時的嘴基本上很專業貼著麥克風，一隻銀亮的麥克風，順暢流利的不帶特殊感情、任務，就是嘹亮好聽的唱著一首又一首適合這個場合的抗議或與土地關懷相關的歌曲。爸爸同樣的平和，不展現太多情感地彈著吉他伴奏。

我的悲情時代的歌，現今來到了這樣的方式傳唱。

我因為愛、缺憾、虧欠而來祭拜。

我要消愆滅罪、懺悔拔罪、救度亡魂……我祭拜。

祭拜天、地、鬼、神。

（還有任何要祭拜的，我私密不曾說出口。）

在這個祭拜的儀式中，我準備奉獻滿滿的供品。

（祭拜完成，我是不是一如尋常，將它們吞吃入肚？！如不吃食入肚，它們到那裡去了?!）

於今，我更要為消失而祭拜。

3

生命來到這樣的階段。

現今，寫每一部作品，都可能是天鵝之歌。

做為作家，寫這部小說時，我好似一塊一塊地在拼貼縫補一具身體。

我自己的。

我縫補，自己。

最開始出現狀況的，先是皮膚。

我一身皮膚不斷的有破洞形成，最開始常見在四肢，一個小小的紅點、一道不深的傷口，然後它擴大，像種植草本小花，原都不大也不突顯，但當繁殖再生，併生群聚一處一處留下痕跡⋯⋯。

當中不無機會因藥膏、貼布，會暫時消失，但重要的是：

它們一定回來。

更多、更大面積的散布、盤踞。

我皮上繁殖的斑點，它們會痛會癢會流膿，不能碰觸、沾不得水，使我得小心翼翼遍身難以順利使用，我軀體一如一枝燒灼的樹幹，或者一截斑爛的蛇身。

它們還開始脫落，讓我一身皮膚遍處破洞。我軀體四處的皮，隨著更多的破洞，裂開的皮膚垂掛下來，一條一條長短不一，是那種衣服襤褸破開垂掛下的模樣。

一如衣物襤褸，是的，襤褸，但不是衣物，是軀體襤褸。

我掛著一身襤褸的皮。

還會有下個階段？！

據說還會有下個階段，襤褸已不足形容，更確切的說辭是：

去了一趟修羅地獄。

那抱人逃出的救人者是這樣說的：

自己身上，衣服上、脖子手臂處，只要接觸到傷者的部位，全沾著人皮，大塊小塊大條小縷掉落的人皮。

還有人皮黏著的人肉。

去了修羅地獄。

脫掉皮，脫掉外面一層皮，則見到修羅地獄？

都以為作家，尤其是擅寫情寫愛的女作家，筆下會有一床錦被遮蓋的功效。不只是被，不只是覆蓋，還得是一床錦被，錦被表面繁華似錦，遮掩住的，豈只是縷縷垂掛的襤褸！

可如果像我這樣的女作家，不只寫情寫愛，不僅沒有錦被遮蓋，還翻覆開來。看到的會是什麼？

我是不是也會觸及到不該觸碰的？

我因而因愛、缺憾、虧欠而來祭拜。

我要消愆滅罪、懺悔拔罪、救度亡魂……。

我祭拜。

祭拜天、地、鬼、神。

（還有任何要祭拜的，我們私密不曾說出口。）

於今，我更要為消失而祭拜。

祭拜通常供奉最珍貴的珍饈。

我最珍貴的除作品之外無它。

我祭拜。

附錄——從附身到化身

今年閏月，鬼月延遲，結合作者、評論家、民間信俗研究者來談靈異，另類新嘗試。任教於靜宜大學、也做民間信俗及乩童文化研究的黃文成教授，以及任教於東吳大學、做華文文學與文化研究的謝靜國，結合作家本人，三人對話，對此做更深入的探究。

靈異的神祕解構——李昂

直到最近才明白發現，我的小說裡其實寫了很多跟靈異有關的。

使用「靈異」兩個字，其實有不得已，這兩個字在許多方面被濫用，甚至包括負面的愚昧迷信含義。

但如果要涵蓋關於靈、神、鬼、魂、異世界等不同界面，以及所有造成特殊不可解的現象，現今仍然找不出更適合的詞彙。

寫作超過五十年，也到了人生最後的階段，我想是最主要因為不再害怕了，才會覺得可以開始直接面對這方面，並且會繼續更清楚的成為我下一部小說的部分主題。

我在寫作上一向觸及到禁忌，但多半是「實質」的禁忌。戒嚴時期，性和政治在我的小說中，為一些人所不喜，也是當然。

之後台灣的自由與民主，讓我的寫作更有無盡的空間，便常常以為，在華文文學裡，可以有前瞻性的機會，去書寫其他有些華文作家尚不能觸及的。

尚年輕時也不曾深思是為著什麼，只是遵循內在的渴望去創作。又很幸運的生活無慮，也就能勇敢的去面對得面臨的種種責難，無怨無悔的繼續寫下去，寫我自己想要寫的。

而多半對我小說的談論，便一直落在女性與國族的議題上。

事實上我一直在小說中訴說更多的，也是過往我無法不一再的問自己的一個問題：為何我的小說如此黑暗？

一開始我自問的「黑暗」，落在我小說顯現人性的黑暗面、社會政治的不公義、困境中尋不到出路……。

而最近，我新完成的《密室殺人》，將過往寫過的小說人物做成一個又一個的器官，用來獻祭，我終於要面對我小說中的另種黑暗：

來自靈異層面。

其實更早的時候，我就知道，書寫《看得見的鬼》這部以女人／女鬼為主的小說時，我在一種酩酊的想像狀態，創造出／寫出了一種極為殘酷的刑罰，雖然只是一部篇小說的一部分，也令我自己毛骨悚然。

在《頂番婆的鬼》小說裡，為了懲罰與羞辱一個反抗的原住民妓女，來自中國清朝朝廷的官員，在這個妓女的腹部，以刀切開做成十個像女性陰戶的假陰道開口，以此羞辱她做為妓女，欠幹，一個陰戶還不夠用，得十個才夠。

並且還將她的乳房切開，以腹部挖出做假陰道的肉補充入她的胸部，說是才符合妓女該有的「大奶子」。

如此方將她慢慢凌虐致死。

我居然會寫出這樣殘酷的刑罰，這樣恐怖的想像究竟是怎樣進入我的腦中，並成為書寫出來的文字？

我感到害怕，也就更不敢去追究。

於今，我開始能用不同的方式回顧我小說與靈異相關。

最早是我十七歲寫的《有曲線的娃娃》，小說中的我向黑暗中一對黃綠色的狹長眼睛祈求，希望丈夫的胸前長出如女人的乳房。

《殺夫》中的婦人殺夫殺人，四鄰婦女說嘴認為是報應。

《自傳の小說》中的野狐、變身。

然後來到了一九九七年《彩妝血祭》中，王媽媽在棺材中把同志兒子的屍體化妝成為女人。

評論家謝靜國教授指出：二〇〇〇年以後，我才真正相當大量的涉及與靈異有關：

《看得見的鬼》以鬼國的五方女鬼託喻。

《七世姻緣之台灣中國情人》累世情緣不敵海峽政治黯黑隔離。

《附身》每一次的附身，是否都留下傷痕的印記！

《睡美男》輪迴的時間先後錯置。

以及剛完成的《密室殺人》裡的製作小說人物成一個個人體器官，以來祭拜祈求。

我不能不自問：

為什麼是靈異？

古老的鹿港，被我稱作每一個巷子的轉角都盤踞著一隻鬼。從小聽來靈異這類似的「故事」，因為奇特，因為不被允許，因此更好奇。

可我究竟想從中尋覓出什麼？

我發現，再次的，我觸及到了「禁忌」，但不是「實質」的性和政治禁忌，而是更深沉的另種禁忌。

同時，在與黃文成教授談論時，他提出我寫鬼、狐、巫等，但不會寫到神，神更不是扮演拯救的角色，只要讓神一出現，問題就得以解決。

是啊！的確，我的小說中不寫到神，主流的正神，那些位階高的觀世音菩薩、玉皇大帝等等。就算有神出現，也是王爺城隍等等這類由人轉成的。

我知道，我小說中的救贖，來自自己。

我的需要救贖，多半來自佛教中的輪迴、前世今生、業障相關。

（不是西方的原罪。）

而成就救贖，則來自佛家、道家的體悟。（不是信了耶穌、觀世音菩薩、玉皇大帝等等，就得永生、得解脫。）

如此，我從早期一直自問何以我的小說如此黑暗，來到了人生最後的階段，開始詢問生命中的另一個課題：

這黑暗來自什麼？

小說中相當量大的靈異呈現，企圖述說些什麼？

我又在當中扮演怎樣的角色？

我一向知道自己有感應的能力。過往由於害怕，我不敢放任自己去「進入」，生怕因此很可能就此深陷其中，脫不了身。

在我最害怕的時候，我求助於高僧大德，得到很有用的建議是：

一當有感應，自身立即斷念，阻絕外來連線。

現在，不再害怕了，我願意放下自我保護，設置的屏障，比較開放的去體知更多。過往不敢去嘗試的，在有基本的安全維護下，我願意開放更多的自己。

如此我會得到什麼呢？

過去我小說中的救贖，來自佛教道家。而接下來，如果緣分能聚，在那神祕的靈異禁忌裡，我又會如何呢？

尋找生命究竟，當下的體悟，會不會存在神祕中？這更甚的挑戰，又會帶領我小說到何方呢？是向下沉淪到真正的地獄，還是通向另一種更直覺的拯救？

而人生最終，找尋的不正是這些！

李昂的紅姨及其Sieraya鬼魅眾生相們——黃文成

李昂小說新作《密室殺人》出版，回首其超過五十年的創作歷程，作品裡眾角色可找到自身存在的議題與意義。但有一群李昂所書寫的群像，從來就不在台灣歷史主流文史紀錄系統中，但他們確實是真實地存在著。這群主角們，一直隱身在台灣鄉野傳奇間；而李昂在鹿城巷弄間，遇見了這群女性幽魂們，祂們承載了自己故事進入到李昂小說的虛構世界裡，李昂透過祂們的故事、視角，用文字衝撞傳統男性思維下的史觀與體制外，同時透過這些敘事者的邊緣視角，傳遞李昂身為一名台灣小說家自身的內在思維及人文省思，從而扮演社會／文化議題的推進器。

只是，甚至連作者自身，似乎沒意識到這群處在傳統社會與現代價值極為邊緣的角色們，不斷附身、轉身與化身的出現在作品裡。且祂們的姿態是理所當然的出現。但這理所當然應該還是得有原因與因緣，否則，李昂不會一再用文字，返身回頭以文字渡化這些女魂們的靈魂，重返人間。一直以來，李昂猶如《附身》裡的紅姨般具有穿越時空的虛實門，透過文字，召喚與引渡藏身於鹿港街巷與歷史間的女幽魂們，重新給予機會與角色，讓其發聲，透過文字，為這些已是無主孤魂們找到生命圓滿無憾的儀式。

李昂最新小說《密室殺人》回溯了她自身創作以來所有作品的意義與思維。其中，《殺夫》一書的出版，不僅在當時引起文壇與社會的震撼，還留個迷團到現在。《殺夫》何來的迷團？原來是小說原型非台灣社會新聞事件，而是一則一九四五年的上海社會新聞。多年後，有人問起，為何寫起詹周氏？詹周氏的靈魂是否真現身找上了李昂？答案為何？李昂靈思引導小說書寫的完成，不就該是一個最好的證明了。幽冥與神話，神話與創作間，都是彼此的核心與投影。

李昂小說不斷出現紅姨，紅姨既是人與鬼神間橋梁，更需充滿文學與文化的想像，才能擔其重任。李昂小說的女鬼群們，與中國傳統古典小說、志怪小說中的女鬼、狐妖們非同類型。她所召喚的女鬼們根本是為渡劫而來。且現身於她的文筆之間。這些女鬼們最終亦做了生命裡的終極超越，不但救渡世人，還以聖女之姿重現人間；在一片失落的人性世界裡，李昂召喚出這些苦難靈魂裡的神性外，甚至承擔起與神同慈悲般的角色為鬼魂進行救贖的責任。這與她長期關注女性議題有絕對關係，女性在男性世界裡不斷被宰制與壓制，苦難與禁聲是這群受難者記憶裡永恆的哀傷，但李昂重新給予女鬼們新的定位與意義。

對於女鬼從生到死的歷程，李昂大抵是以「歷劫」的概念來進行操演，尤其是以歷「情劫」為主：女性的歷此劫，然後呢？李昂對這些女鬼的期待，從人性的探求，再到神性的圓滿。最經典的例子就在《看得見的鬼》裡的〈國域之西．會旅行的鬼〉中的月嫦／月娥最終不再復仇，反而常常站在船帆之上，在黑夜裡引渡船夫，平安度過黑夜惡水。月嫦／月娥一轉成為「類」媽祖、天后女神，並在台灣海峽中的船隻找到自身在的意義。復仇是甚麼？月嫦／月娥早已遺忘，因為她已然超越，且若天后般。

這些苦難的女性靈魂，最終是重回台灣主體裡靈魂「母體」深處。

反饋到李昂創作軸心，實是一個「母體」的探索歷程。於是這樣的母體探求屢屢化身在李昂小說中的「西拉雅」角色，而這一角色，確實掌握了發語權，如在《附身》裡的紅姨及《密室殺人》的Sieraya，就是兩個極為明顯的例子。「紅姨」與「Sieraya」具是台灣這塊土地裡深沉的DNA系統，而這樣的系統可能來自族群裡集體無意識的母體。這族群，當包括在島上的你與我。

李昂的母體為何？這三十年來的創作，是一個探索歷程。創作歷程中的女鬼紛紛現身與附身，可能是一個重要的線索。鬼魅來去自如，既能超越現實的框架，又能俯視／離開現實主流視角，進行解構與重構。鬼魅確實是一個好的附身與書寫載體，蒲松齡《聊齋》就是一個好的敘事典範。只是李昂不走蒲松齡還是沿著中國古典小說裡傳統「才子佳人」路線，即使李昂小說裡的女幽魂群們確實也多命斷情劫，但她筆下的女幽魂們，不僅具有人性裡的愛恨情仇，更有神性的存在。這樣精神性且形而上的純粹的神性與靈性，可能才是李昂透過小說的書寫，最終要溯源的母體。

在封閉年代，李昂小說向來皆引起滔天議題，且有勇氣衝撞那父權架構下的體制；

那是屬於知識分子的社會意識與實踐力，但後來的小說擁有那麼多的幽魂在小說情節裡現身，那可能才是李昂天命之所在。是李昂引領著女幽魂們進行神性的圓滿？還是女幽魂們在不同時間裡現身，是為引領李昂實踐她的天命？李昂每創作一部小說，就是她自我一次靈性之謎的解封。天命如何解碼？李昂筆下的一個鬼魅架語，可能就是一組李昂自我天命解碼器。人生的天命實難探詢得知，但李昂透過小說，實踐天命的軌跡，卻已了了分明，可想見的是，曾經的禁忌與設限皆已除魅，李昂的創作天地框限，從此有了更寬廣的可能。

在《密室殺人》的一開始，李昂寫了一段文字，她說：「看似是真的，可能是假的。以為是假的，可能是真的。」紅姨如此，女幽魂們如此，小說如此，生命，不也如此。《密室殺人》李昂再度召喚Sieraya與其對話，李昂歷來小說創作中的女主角們此刻全現了身，進行一場祭典；「昂姨」化身「紅姨」，是因緣？是巧合？實是天命也。

從附身到化身——謝靜國

薩伊德（E. W. Said）曾提出對位式閱讀（contrapuntal reading）的觀點。他認為帝國文化是一種組成，是一種在殖民者與被殖民者產生的縫隙（fissure）中，共同組構出的殖民地的各種條件與可能性，也因此形成了一種特殊的殖民地「文化地形學」（culture topography）。李昂不僅在小說中凸顯其對於殖民地台灣在三百多年間所形構的文化地形學外，更在一九八〇年代便於小說中注入台灣的政治與性／別文化的堪輿學。解嚴後，當真是風水輪流轉，島國政治情勢更迭，文化也在混成的狀態中不斷增生，無論全球化或後殖民，島國皆可在縫隙中見縫插針，發展出其向上或向下的獨特文化與美學。

一個有趣的情形是，李昂的衰頹（decadency），巧合的在二十世紀末開展出一朵朵島國的荼靡寓言，《迷園》（一九九一）、《北港香爐人人插》（一九九七）《自傳の小說》（二〇〇〇）和《漂流之旅》（二〇〇〇），十年間，見證了台灣政治的腥風血雨、爾虞我詐，更孕育了一個「黑暗的李昂」。除了青春期時的存在主義、心理分析，以及戒嚴時期的肅殺氛圍，和做為一個女作家所感受到的父權壓迫與輿論譴責，李昂自小所習染的民間信仰、宗教意識，應該是更原初與深層的因素。

二十世紀末的李昂在小說中灌溉了放下與救贖的楊枝甘露，無論是朱影紅的父親朱祖彥，抑或「我」之於謝雪紅，都是明顯的案例。《自傳の小說》中，三伯公講古的魔神仔和狐狸精在小說中「虛」晃幾招，二十一世紀初的她將小說的重心再度聚焦於鹿城，卻把對女人的關注轉向女鬼，進行一場場偷天換日的慾望徙置戲碼。在筆者與李昂的對談中得知，除了鹿港的鄉野傳奇，她並未看過什麼古今中外的神鬼作品，《聊齋》對她的創作無甚影響，西方廣受歡迎的女巫故事也與她絕緣。「鬼故事在心中自己成形」，她說：「我小時候總覺得鹿港每一個轉角處都躲著一隻鬼。」

遠在九十年前，伯特金（B. A. Botkin）在提到「俗說」（folk-say）時便主張，民間的口語傳播得以做為文學材料而廣為流傳，而在媒體益發興盛之下，透過各式媒體而重現或再創作的民俗，都可視為「俗說」的組成。李昂除了愛吃鬼的習性自小養成，像三伯公這類說故事的人，則讓李昂熏浸在鹿港的俗說中，鹿港成了她的鬼皿。學者在論及地方感（sense of place）時指出，它是存在的首要和本質條件，是我們如何感知、理解和與周圍世界互動的真實所在。地方感也是動態的時空過程，是一種物質、聯繫、流動、觀念和感覺的不斷變化的匯聚。

李昂自言無興趣撰寫大河小說，她以俗說寫小說，在鹿城這個她最熟悉的時空，以鬼寫史，更將政治和性／別議題再度橫跨雅俗場域，呈顯鹿城特殊的地方感覺結構。哲學系出身的李昂坦言自己是老派的心理分析，所以對較新的解離（dissociation）和附身（possession）的精神病學沒有研究，附身之說，純粹是俗說的脈絡以及自身的經歷。《附身》中，紀宇中對景香說「妳能做為一個作家，書寫出一些不是屬於妳現在有的東西，妳不覺得自己在這方面，也是一種被附身」。小說家虛構故事原本不足為奇，但一旦置入「附身」的隊伍，這些不屬於小說家「現在有的」東西，難道真是轉世托育／託諭，「化身」成作家，話人為鬼也話鬼為人？

李昂以黑色幽默的筆法將瘋狂的台灣人羅織入「欲」，托夢、酬神（無論正神或陰神），宛若一場應該人鬼殊途，卻陰陽共度的狂歡嘉年華。但這對她而言只是小菜一碟，世紀之交的李昂，不再僅止於暗黑的國度，更有了物哀與幽玄的美感，而這種美感，集中表現在她對因緣和命定的執念與放下間，那種無以名狀卻又具體存在的，拉拉扯扯的悽愴。

源自法語的「幻覺記憶」（Dejà vu），日語所說的「既視感」（きしかん），經過專家的研究，有三分之二的人都曾有過這樣的經驗。這種透過海馬迴而產生的海馬效應

（hippocampal effect）尤其好發在想像力豐富、受過高等教育和經常在外地旅行的人身上，以生理性別和年齡而言，女性較男性為高，二十五歲左右與更年期前段（約六十歲以前）的女性是最常發生者。李昂完全符合上述研究！小說中那樣層出不窮的似曾相識，究竟是意識在不同現實環境中意外的浮現，抑或真有前世今生、乍然驟起，引芸芸眾生善渡輪迴？

「只求因果循環，一切來世再報」，「一切果真因果循環、冥冥中註定！」在《七世姻緣之台灣／中國情人》（二〇〇九）中的湯守觀音神像前，何方的視像／想像在迅疾的蒙太奇之下，層層交疊出與周曉東的宿世身影，中國和台灣的身世與歷史因緣也在此不斷繾綣交會。《睡美男》（二〇一七）中，無論殷殷夫人行至何處，景襯物映，烘托的依舊是對Pan的心心念念。世事如鏡，殷殷切切，望穿的豈止是一脈秋水，更是一場鏡花水月，如夢幻泡影，如霧亦如電。或許對李昂而言，這些都「是真實存在過，只不過不在今生今世，一切俱是生生世世的記憶細節的排列組合，當再一次重臨，記憶必然回轉」。

李昂在《七世姻緣之台灣／中國情人》中寫道：「是不是害怕會有另次的像

SARS這樣的大疾病？……一個又一個城市被封鎖、隔絕，接觸足以致命，千百萬人受苦，只為了要阻斷命定不可以的愛！」筆者無意為李昂十多年前的「預言」一語成讖加冕，只是再次將她的「命定」說勾引上岸。人生海海，而總是各種慾海，「這一切，豈止是因緣際會，更得是怎樣的眾緣齊聚，方成就如此」。然而，吾等切記不堪回首，只因每一次的回眸，都是墜入永世永劫……。

黃文成——靜宜大學台灣文學系教授兼系主任，全真龍門丹台碧洞宗弟子。著有《紅色水印》《關不住的繆思——臺灣監獄文學縱橫論》《空間與書寫——臺灣當代散文地方感的凝視與詮釋》《神諭與隱喻：臺灣當代文學中的宗教書寫及敘事》等書。

謝靜國——國立台灣師範大學國文系博士，現任教於東吳大學中文系，研究領域為現代、當代華文文學與文化研究。著有《論莫言小說（1983-1999）的幾個母題和敘述意識》《中國大陸消費社會的影像敘事》〈論李昂小說的台日中三角情結〉等學術著作。

密室殺人

看世界的方法 176

作者　李　昂

封面圖像創作構成　詹雨樹
美術設計　吳佳璘
責任編輯　林煜幃

董事長　林明燕
副董事長　林良珀
藝術總監　黃寶萍
執行顧問　謝恩仁

社長　許悔之
總編輯　林煜幃
副總經理　李曙辛
主編　施彥如
美術編輯　吳佳璘
企劃編輯　魏于婷

策略顧問　黃惠美・郭旭原・郭思敏・郭孟君
顧問　施昇輝・林子敬・謝恩仁・林志隆
法律顧問　國際通商法律事務所／邵瓊慧律師

製版印刷　沐春行銷創意有限公司

出版　有鹿文化事業有限公司
地址　台北市大安區信義路三段106號10樓之4
電話　02-2700-8388
傳真　02-2700-8178
網址　www.uniqueroute.com
電子信箱　service@uniqueroute.com

總經銷　紅螞蟻圖書有限公司
地址　台北市內湖區舊宗路二段121巷19號
電話　02-2795-3656
傳真　02-2795-4100
網址　www.e-redant.com

ISBN：978-986-98871-8-2
初版三刷：2020年9月

定價350元

國家圖書館出版品預行編目(CIP)資料
密室殺人／李昂著.—初版.
—臺北市：有鹿文化, 2020.9
面；公分.—(看世界的方法；176)
ISBN 978-986-98871-8-2(平裝)
863.57　　109012297